Tucholsky Wagner Zola Scott Sydow Freud Schlegel
Turgenev Wallace Fonatne
Twain Walther von der Vogelweide Fouqué Friedrich II. von Preußen
Weber Freiligrath Frey
Kant Ernst
Fechner Weiße Rose von Fallersleben Frommel
Fichte Richthofen
Hölderlin
Engels Fielding Eichendorff Tacitus Dumas
Fehrs Faber Flaubert
Eliasberg Ebner Eschenbach
Feuerbach Maximilian I. von Habsburg Fock Zweig
Ewald Eliot Vergil
Goethe London
Elisabeth von Österreich
Mendelssohn Balzac Shakespeare Dostojewski Ganghofer
Lichtenberg Rathenau Doyle Gjellerup
Trackl Stevenson Hambruch
Mommsen Tolstoi Lenz Droste-Hülshoff
Thoma Hanrieder
von Arnim Hägele
Dach Verne Hauff Humboldt
Karrillon Reuter Rousseau Hagen Hauptmann Gautier
Garschin Baudelaire
Defoe
Damaschke Hebbel
Descartes
Hegel Kussmaul Herder
Wolfram von Eschenbach Dickens Schopenhauer
Darwin Rilke George
Bronner Melville Grimm Jerome
Campe Horváth Aristoteles Bebel Proust
Bismarck Vigny Voltaire Federer
Barlach Herodot
Gengenbach Heine
Storm Casanova Tersteegen Grillparzer Georgy
Chamberlain Lessing Langbein Gilm
Gryphius
Brentano Lafontaine
Strachwitz Claudius Schiller Kralik Iffland Sokrates
Katharina II. von Rußland Bellamy Schilling
Gerstäcker Raabe Gibbon Tschechow
Löns Hesse Hoffmann Gogol Wilde Vulpius
Luther Heym Hofmannsthal Gleim
Klee Hölty Morgenstern
Roth Heyse Klopstock Kleist Goedicke
Luxemburg Puschkin Homer
La Roche Horaz Mörike Musil
Machiavelli
Navarra Aurel Musset Kierkegaard Kraft Kraus
Lamprecht Kind Kirchhoff Hugo Moltke
Nestroy Marie de France
Laotse Ipsen Liebknecht
Nietzsche Nansen
Marx Ringelnatz
von Ossietzky Lassalle Gorki Klett Leibniz
May vom Stein Lawrence Irving
Petalozzi Knigge
Platon
Sachs Pückler Michelangelo Kafka
Poe Kock
Liebermann
de Sade Praetorius Mistral Zetkin

Der Verlag tredition aus Hamburg veröffentlicht in der Reihe **TREDITION CLASSICS** Werke aus mehr als zwei Jahrtausenden. Diese waren zu einem Großteil vergriffen oder nur noch antiquarisch erhältlich.

Symbolfigur für **TREDITION CLASSICS** ist Johannes Gutenberg (1400 — 1468), der Erfinder des Buchdrucks mit Metalllettern und der Druckerpresse.

Mit der Buchreihe **TREDITION CLASSICS** verfolgt tredition das Ziel, tausende Klassiker der Weltliteratur verschiedener Sprachen wieder als gedruckte Bücher aufzulegen – und das weltweit!

Die Buchreihe dient zur Bewahrung der Literatur und Förderung der Kultur. Sie trägt so dazu bei, dass viele tausend Werke nicht in Vergessenheit geraten.

Werther-Graubart

Johannes Scherr

Impressum

Autor: Johannes Scherr
Umschlagkonzept: toepferschumann, Berlin

Verlag: tredition GmbH, Hamburg
ISBN: 978-3-8424-1358-0
Printed in Germany

Ziel der TREDITION CLASSICS ist es, tausende deutsch- und fremdsprachige Klassiker wieder in Buchform verfügbar zu machen. Die Werke wurden eingescannt und digitalisiert. Dadurch können etwaige Fehler nicht komplett ausgeschlossen werden. Unsere Kooperationspartner und wir von tredition versuchen, die Werke bestmöglich zu bearbeiten. Sollten Sie trotzdem einen Fehler finden, bitten wir diesen zu entschuldigen. Die Rechtschreibung der Originalausgabe wurde unverändert übernommen. Daher können sich hinsichtlich der Schreibweise Widersprüche zu der heutigen Rechtschreibung ergeben.

I. Exposition.

1. Propst Fabian an Gertrud Hartwig-Hellmuth.

X. 1. März 1870.

Liebes Kind! Ich kann Dir nicht länger verbergen, daß ich Deines Vaters wegen in Unruhe bin. Sein letzter Brief an mich war datiert »Tahiti, 25. Februar 1869.« Er wollte von dort, wie Du weißt, durch die Magelhaensstraße, über Brasilien und Westindien nach Europa zurückkehren. Hat er Euch etwa neuerlich geschrieben? Ich weiß zwar wohl, seine Reiselaune ist ein rasch wechselndes, springendes Ding; aber – kurz, ich sorge mich um ihn. Habt Ihr Kunde von ihm, so teile sie mir ungesäumt mit. Ich kann leider noch nicht in meine stille Rothenfluher Klause zurückkehren. Die noch dazu ziemlich unerquicklichen Geschäfte des Landtags halten mich länger in der Hauptstadt fest, als ich anfänglich besorgte. Warum ließ ich mich auch von Deinem Manne bestimmen, die Wahl anzunehmen? Der Schlaue hat es gar hübsch zu machen gewußt, daß eine Bürde, die, wie Dir wohlbekannt, eigentlich für seine Schultern bestimmt war, auf die meinigen geladen wurde. Was macht er? Immer rüstig und tüchtig und hellauf, wie es von jeher seine Art gewesen? Und Eure beiden Kleinen, die den armen unsteten Wanderer von Großvater noch nicht gesehen haben? Tante Hildegard dürfte mir wohl auch mitunter schreiben. Grüße, sie und Deinen braven Hermann recht herzlich von mir ... Beigeschlossen send' ich Dir einen Brief, an dessen Schreiber Du Dich vielleicht wirst erinnern können. Du hast ihn ja zur Zeit, als Du ein freilich noch ein recht kleines Mädchen warest, oft gesehen. Er ist ein alter vertrauter Freund von Deinem Vater und mir. Schon seit langen Jahren lebt er in der Fremde, und so haben wir ihn und er hat uns aus dem Gesichte verloren. Aber die Wärme seiner Gefühle für uns ist, wie sein Brief zeigt, nicht erkaltet, und der Anblick seiner Schriftzüge hat auch in mir die Erinnerung an gemeinsam mit dem alten Freunde verlebte gute und böse Zeiten wieder lebhaft aufgerührt. Er klagt, daß seit Jahren aus der alten Heimat nur spärliche und unbestimmte Nachrichten zu ihm gelangt seien, und wünscht dringend zu erfahren, wie es Deinem Vater und mir und uns allen diese ganze Zeit her ergangen sei. Während des großen Bürgerkrieges in den Vereinigten Staaten habe er in den amerikanischen und englischen Zeitungen häufig von einem General Hellmuth gelesen und sei einmal auf den »tollen« Einfall geraten, das könnte am Ende sein alter Freund sein, von dem er gerüchtweise vernommen hatte, daß er nach Amerika gegangen. Ich antwortete dem Freunde natürlich mit aller Herzlichkeit, aber nur kurz. Was mich angehe, sagt' ich, so sei von mir nur zu melden, daß ich aus einem jungen resignierten Priester nachgerade ein alter resignierterer geworden, dem man – er wisse selber nicht, warum? – den Propsttitel aufgehängt habe. In allem übrigen verwies ich den Frager an Dich, liebes Kind; ja an Dich, und Du wirst aus seinem Briefe ersehen, daß ich dazu berechtigt war. Denn er erkundigt sich ja ganz besonders angelegentlich nach der »kleinen Gertrud«, welche freilich derweil eine ganz anständig große, wenn auch keineswegs zu große Gertrud geworden ist. Ich versprach ihm, Du würdest um alter Freundschaft willen die Mühe, für ihn die Familienchronistin zu machen, wohl auf Dich nehmen, und Du wirst mich, hoff' ich, nicht zuschanden machen. Vergiß aber auch der »bürgerlichen« Seite der Chronik nicht, hörst Du? Unser Freund war ja in die Beziehungen Deiner Eltern zu Herrn Bürger und seiner Frau, die nun beide dahingegangen sind, ganz eingeweiht und gehörte mit zu unserem jetzt, ach, so schmerzlich zerrissenen engsten Freundschaftskreise. O, mein gutes Kind, das Altwerden! das Altwerden! Dieses Verlieren von Freund auf Freund – man vermag doch mit der ganzen Philosophie der Ergebung nicht gegen das trostlose Gefühl der Vereinsamung aufzukommen! Ihr jungen Leute könnt davon nichts wissen. Aber frage die Tante Hildegard, was es heißen wolle, alle, mit denen man jung gewesen und die man geliebt hat, einen nach dem andern und eine nach der andern zu Grabe gehen zu sehen. Wie gerne ginge man mit! ...

2. Dora Bürger an Hildegard Hellmuth.

Pallanza, 3. März 1870.

Verehrte Freundin! So dürfe ich Sie nennen, hat meine teure Mutter noch in einer der letzten Stunden ihres Lebens mir gesagt. O, lassen Sie die Liebe und Treue, welche Sie für die Mutter hegten, auch der Tochter zugute kommen! Wenigstens ein bißchen, gelt? Ich kann es recht gut brauchen, ich armes einsam in der Welt stehendes junges Ding von einer Waise, und ich werde Sie auch recht liebhaben; ich habe Sie schon lieb, weil mir die Mutter und Tante Marget soviel Gutes und Liebes von Ihnen erzählten. So auch von Ihrer Nichte Gertrud, welche das leibhafte Abbild ihrer Mutter Isolde sei, die, sagte meine Mutter oft unter Tränen, das holdeste Geschöpf gewesen, welches sie jemals gesehen. Und so jung, so schön, so edel, wie sie war, mußte sie in ein frühzeitig Grab sinken, und Ihr armer Bruder, mit dessen Namen auf den Lippen meine Mutter gestorben, wurde dadurch zum heimatflüchtigen Wanderer! »Es ist der Lauf der Welt so,« pflegt Tante Marget mit einem ganz eigenen Zusammenziehen der Mundwinkel zu sagen; sie, die doch das sanfteste, ergebungsvollste Wesen von der Welt ist. Ach, wenn ich die nicht hätte! Sie ist mir alles, alles, unter anderem auch mein »Vogt«, wie wir Schweizer statt Vormund sagen. Denn laut testamentarischer Bestimmungen meiner Eltern steht ihr die Oberaufsicht über die Verwaltung meines Vermögens, sowie die entscheidende Stimme zu, wenn ich mich mal verheiraten wollte. Das könnte mir aber einfallen, jawohl! War nicht meine Mutter so glücklich verheiratet wie menschenmöglich? Verheiratet mit dem bravsten, großherzigsten, treuesten der Menschen, wie sie meinen Vater immer nannte? Und doch mußte ich schließlich erfahren, daß sie in tiefster Seele unglücklich gewesen. Wie oft Hab' ich, schon als Kind, die Teure, wenn sie sich unbelauscht glaubte, die Lenausche Klage leise vor sich hinmurmeln gehört:

> »O, Menschenherz, was ist dein Glück?
> Ein rätselhaft geborner
> Und, kaum gegrüßt, verlorner,
> Unwiederholter Augenblick!«

Wir sind auf der Reise zu dem Grabe meines Vaters begriffen, welches ich noch nicht gesehen habe. Auch soll ich mein Heimatland, dessen Alpenpracht mich schon hier verheißungsvoll begrüßt, kennen und lieben lernen, damit ich nicht vollends ganz »veritalienere«, sagt Tante Marget. Sie mag Italien nicht, und wir werden uns wohl in der Schweiz bleibend niederlassen. Tante Marget beabsichtigt es, und sie kann bei all ihrer unendlichen Güte auch recht energisch sein, wann und wo das not tut. Wir reisen mit der Familie des Senators Bazzini aus Neapel, mit welcher Mutter und Tante seit langem in vertrauter Freundschaft gelebt haben. Die jüngste Tochter

dieser vortrefflichen Familie, Imelda, ist meine liebste Freundin, hat
von mir deutsch gelernt und soll, an den Folgen einer Brustkrank-
heit leidend, drei volle Monate auf einem hohen Berge verbringen.
Dasselbe haben die närrischen Herren von Ärzten auch mir verord-
net, obgleich ich wohlauf und munter bin wie eine Bergforelle in
ihrem Bach. Sie taten es wohl nur der guten Imelda zu Gefallen. Auf
was für einen Schweizerberg wir gehen werden, wissen wir heute
noch nicht. Man hat uns den Schwarzenstein sehr empfohlen. Tante
Marget will, sobald wir uns entschieden haben werden, einen Ab-
stecher ins Schwabenland machen. Sie hat gar so große Sehnsucht
nach Ihnen und Ihrer Nichte Gertrud und verlangt, ich hab' es wohl
gemerkt, wahrhaft schmerzlich, wieder einmal von Herrn Hellmuth, Ihrem Bruder, zu hören. Der ist ja, wie Sie wissen, verehrte
Freundin, das Ideal der Tante. Da ich sie einmal damit neckte, sagte
sie mir mit einem Ausdruck der Miene und der Stimme, dessen ich
nie vergessen werde: »Als ich in meiner Jugend, in meiner Kindheit
von Gott und den Menschen verlassen war, hat Herr Hellmuth mir,
dem ihm unbekannten Kinde, aus innigem Erbarmen Worte des
Trostes gesagt und hilfreich die Hand gereicht.« Weiter sagte sie
nichts. Sie geht ja überhaupt jeder Erwähnung ihrer Jugendzeit
konsequent aus dem Wege. Aber soviel glaub ich doch aus ihr und
aus meiner Mutter herausgelauscht zu haben, daß über die Tante in
ihrer frühen Jugend etwas Furchtbares gekommen sein müsse. Sie,
verehrte Freundin, sind gewiß in das Geheimnis eingeweiht. Bringt
mich im nächsten Herbste die Tante, wie sie mir versprochen hat,
zu Ihnen, so werde ich nicht nachlassen mit Bitten und Betteln, bis
Sie mich ebenfalls einweihen, gelt? ...

3. General Hellmuth an Hermann und Gertrud Hartwig-Hellmuth.

Paris, 5. März 1870.

Liebe Kinder! Vor zwei Wochen bin ich aus Westindien in London angelangt, woselbst ich Eure Briefe und die Rimessen richtig
bei Hope & Comp. vorfand. Meine Rückkehr nach Europa verzö-
gerte sich, weil ich mich länger, als ich beabsichtigt hatte in Süd-
amerika herumtrieb, die Anden wiederum durchzog und den Ama-
zonenstrom bis zu seinen Quellen hinauffuhr. Dort herum liegt ein
gewaltiges Stück Zukunft der Menschheit, welche sich ja bereits

anschickt, all ihr großes und kleines Elend in die erhabene Stille jener paradiesischen Wildnisse hineinzutragen. – In London traf mich die Kunde, daß Julie Bürger gestorben. Nichts davon. Zu dem übrigen zu legen. Aber ruft Euren Jungen nie anders als Hanns, meinem Freunde Bürger zu Ehren, und falls zu Eurer kleinen Isolde noch ein Töchterchen kommt, so soll es Julie heißen. – Jetzt bin ich hier in der Weltkloake, wo alles an das evangelische Wort von den übertünchten Gräbern erinnert und ein abscheulicher Verwesungsgeruch sich verbreitet. *L'infame*, das zweite Kaiserreich, fault entschieden seinem Ende zu. Der Ekel treibt mich fort. Wohin? weiß ich heute noch nicht. Vielleicht in die Pyrenäen, vielleicht in die Alpen. Möglich, daß ich im Herbste nach Rothenfluh komme. Mir ist, als müßt' ich die vier Gräber auf unserem Friedhof noch einmal sehen, bevor ich meine große Reise ins innere Afrika antreten werde. – Von Geschäftssachen schweigt mir! Ich weiß ja alles treu verwahrt und gut verwaltet in Deinen Händen, lieber Hermann. Handle in allem und jedem nach Deinem eigenen Ermessen. – Um meine Gesundheit braucht Ihr Euch fürwahr keine Sorge zu machen. Die ist gefeit, so gefeit, daß ich unschwer zu dem Glauben gelangen könnte, ich sei zum Leben verflucht wie der ewige Jude. – Grüßt mir den Fabian, drückt der Hildegard die Hand, küßt Eure Kleinen für mich und lebt wohl!

4. Gertrud Hartwig-Hellmuth an den Professor.

Schloß Rothenfluh, 12. März 1870.

Lieber alter Freund! Unser Fabian, welcher in der Familie nie anders als »der Onkel« genannt wird, hat mir Ihren an ihn gerichteten Brief zugestellt, worin Sie sich so freundlich der »kleinen« Gertrud erinnern. Die Gertrud, welche derweil einem schon nicht mehr ganz kleinen Hännschen und einer kleinen Isolde das Leben gegeben hat, erinnert sich Ihrer ebenfalls noch recht lebhaft: Sie waren ja der Vierte im Bunde mit dem Vater, Fabian und Bürger. Darum setze ich mich heute gerne hin, um Ihnen vorzuplaudern, was Sie teilnahmevoll von uns zu wissen wünschen, und ich tu' es viel leichteren und freieren Gemütes, als ich es noch vor etlichen Tagen getan hätte. Denn wir sind inzwischen eine sehr quälende Sorge losgeworden: der geliebte Vater hat uns von Paris aus seine Rückkehr nach Europa gemeldet, und wir wissen ihn jetzt doch wenigstens wieder mit uns im gleichen Erdteil, sowie, daß er gesund. Daß er auch zufrieden oder gar glücklich, darf ich leider nicht hinzufügen. Sie wissen ja wohl, *seines* Glückes Stern ist untergegangen in jener traurigen Nacht, wo meine Mutter Isolde starb, nachdem sie mich, ihr zweites Kind, geboren hatte. Tante Hildegard, das »Tantenideal«, wie mein geliebter Eheherr sagt – Tante Hildegard, welche nach Aufhebung des Klosters Gnadenbrunn zu uns gezogen war, hat mir, als ich zu den Jahren gekommen, wo man so etwas fassen kann, mitgeteilt, daß der Tod meiner Mutter den Vater versteinert habe. Sie hatten so glücklich mitsammen gelebt, so sehr glücklich! Ihre Ehe war sprichwörtlich weitum als eine, als die Musterehe. In ihren Haushalt brachte der Vater die Tüchtigkeit und Tätigkeit eines, ganzen Mannes, die Mutter alle die Schönheit, Anmut, Güte und Harmonie einer vollkommenen Frau. Wie muß sie schön und gut gewesen sein! Noch jetzt kommt ein Aufleuchten in die Augen der Leute, wenn sie von ihr sprechen ... Sie wissen, lieber Freund, wie der Vater das Evangelium der Arbeit betätigte, wie er zu arbeiten liebte und verstand. Nicht nur machte er das Schloßgut Rothenfluh binnen kurzem zu einem Mustergut, sondern auch stellte er im Verlaufe von wenigen Jahren die ganze Herrschaft, wie sie der Großvater dereinst besessen, in ihrem vollen Umfange wieder her. Und das genügte seinem Tätigkeitstrieb noch nicht. Er hatte ja lange im kaufmännischen Fache gearbeitet und daran Geschmack gefunden. In Kompagnonschaft mit seinem Herzensfreunde Bürger führte er großartige Handelsunternehmungen glänzend durch. Die Reichtümer strömten ihm zu. Welchen großherzigen Gebrauch er davon machte, wie er jedes gemeinnützige Streben und Tun anregte und förderte, wie er in der ganzen Gegend, ja im ganzen Lande als der stets rat- und tatbereite Helfer und Tröster, als die Zuflucht der Mühseligen und Beladenen berühmt und geehrt war, wie er es dabei stets einzurichten wußte, daß alles Gute und Segensreiche, was er tat, nicht von ihm, sondern nur von meiner Mutter zu kommen schien, ist Ihnen bekannt. Ebenso, daß das »Glück von Edenhall« nur sieben kurze Jahre währte. Am Schlusse des ersten derselben hatte meine Mutter meinen teuren, herrlichen, armen Bruder Fritz geboren, am Schlüsse des siebenten kam ich und tötete, ich Unglückliche, durch mein Kommen meines Vaters Lebensfreude. Nie hab' ich ihn lächeln, aber zweimal weinen sehen. Das erstemal, als mein Bruder, zum stattlichen Jüngling herangewachsen, nach beendigten Gynmasialstudien die väterliche Einwilligung erbat, sich der soldatischen Laufbahn widmen zu dürfen. Wenn der Fritz bat, wer konnte da widerstehen? Dennoch wollte der Vater ziemlich lange nichts von der Soldaterei wissen, aber zuletzt gab er doch nach. »Der Fritz hat also seinen Willen durchgesetzt?« hörte ich eines Abends den Onkel Fabian sagen. »Ja, was willst du, lieber Alter?« entgegnete der Vater – »der Junge hat mich mit den Augen seiner Mutter angesehen, und da half kein Widerstreben.« Indem er das sagte, bebte ihm die Stimme, und er wandte sich ab, um sich die Augen zu trocknen. Zum zweitenmal – aber soweit bin ich noch nicht in der Chronik... Wenige Wochen nach ihrer Hochzeit hatte meine Mutter den Knaben einer armen Taglöhnerin, deren Mann kurz zuvor beim Holzflößen verunglückt war, über die Taufe gehalten. Die Wöchnerin starb, und meine Eltern hielten ihre schützenden Hände über den Hermann Hartwig, welcher jetzt mein hochgeliebter Mann ist. Das kam aber so. Hermann wuchs, ganz als ein Kind des Hauses gehalten, mit meinem Bruder auf. Wie dieser entwickelte auch er glänzende Geistesgaben, ein tüchtiges Streben, eine ausdauernde Arbeitslust, und daneben war er so lieb, so lieb, gerade wie der Fritz, ja noch lieber! Sein praktisches Sinn und Trieb, das Leben mit geschickten und starken Händen zu packen, zu formen und zu meistern, hatte ihn frühzeitig zum Studium der Volkswirtschaft geführt, und schon als Zwanzigjähriger war er befähigt, die ihm vom Vater anvertraute Verwaltung von Rothenfluh und unseres ganzen Besitztums mit gutem Gewissen zu übernehmen. Der Vater hatte nämlich nach dem Tode der Mutter alle seine gewohnte Geschäftstätigkeit eingestellt, hatte die Führung des Haushalts und die Pflege und Erziehung seiner Kinder der Tante Hildegard und unsern Unterricht dem treuen Jugendfreunde Fabian übergeben und hatte, als wäre ihm die sonst so geliebte Heimat unerträglich geworden, fast seine ganze Zeit auf Reisen verbracht. Er ist ja auch wider seinen Willen ein »berühmter Reisender« geworden. Onkel Fabian ließ nämlich dem Widerstrebenden keine Ruhe, bis der Vater es endlich zugab, daß die lange und inhaltvolle Reihe von Briefen, worin er seine weiten Fahrten, seine Forschungen und Findungen dem Freunde geschildert hatte, gedruckt wurde, obzwar ohne den Namen ihres Verfassers. Vor zehn Jahren übergab der Vater die Verwaltung seines ganzen Vermögens an Hermann, der ihm und uns allen eine grenzenlose Dankbarkeit und Treue weihte. Dann ging er zum zweitenmal nach Amerika, ausdrücklich in der Absicht, den großen Krieg gegen die Sklavenbarone mitzufechten. Er tat so, errichtete auf eigene Kosten ein Regiment von Freiwilligen, zeichnete sich als Führer wie als Soldat höchlich aus, wurde zum General ernannt und gewann seinem Namen Ruhm und Ehre. Aber ich weiß, er suchte, schmerzlich zu sagen, nur eins: den Tod. Nach der Niederwerfung der großen Rebellion in der Union schickte er sich gerade an, nach Mexiko zu gehen, um die in Gestalt eines Schwindelkaisertums daselbst sich blähende Bonapartesche Schurkerei bekämpfen zu helfen, als ihn der Ausbruch des deutschen Krieges von 1866 ins Vaterland zurückrief. An einem Tage bittersten Jammers kehrte er heim, an dem Tage, wo Hermann Hartwig den Sarg nach Rothenfluh brachte, in welchem mein toter Bruder ruhte. Fritz, unser aller Stolz und Liebe, war als Generalsstabsoffizier in einem der Gefechte gegen die preußische Mainarmee gefallen, von einer Zündnadelgewehrkugel mitten in die Stirne getroffen. »Laßt mich allein mit dem Toten!« gebot der Vater tränenlos, und so hielt er die Nacht über die Totenwache. Es war etwas in seinem Blicke gewesen, was uns zittern machte, und angstvoll lauschten wir hinter der Türe des anstoßenden Zimmers. Es war still drüben, nur zuweilen ein Ton, wie wenn ein Mann aufstöhnt in herbster Seelenqual. Einmal auch vernahmen wir deutlich, wie der Vater ausrief: »O, mein geliebtes Weib, nun war es doch wohlgetan von dir, daß du von mir gegangen. *Dieses* Furchtbare hättest du nicht zu ertragen vermocht. Mitten in die Stirne, wehe! Und von einer *deutschen* Kugel, dreimal wehe!« Als es Morgen geworden, bestatteten wir den Bruder zwischen seiner Mutter und seiner Großmutter Gertrud. Da, am Grabe, als ich ängstlich besorgt auf den Vater blickte, wie ihm die trocknen Augen brannten, die bleichen Lippen zitterten und die Hand, womit er die Erdscholle aufraffte, um sie auf den Sarg hinabzuwerfen, den Dienst versagen wollte, da bemerkte ich mitten in meinem Leid und meiner Angst eine Veränderung, welche seit gestern an ihm vorgegangen. Sein Bart, dessen Schwarz bei seiner Heimkehr nur ganz spärlich mit Grau durchsprenkelt gewesen, war über Nacht vollständig grau geworden, und dieses Bartgrau bildete zur Schwärze der buschigen Brauen und des dichten Haupthaars einen seltsamen, die düstere Strenge seiner bedeutenden Züge noch mehr hervorhebenden Gegensatz. – Wenn ich mir die Erinnerung an die nächstfolgenden

Wochen zurückrufe, fühlt sich noch jetzt meine Seele beklommen. Der Vater schwieg im Leide tagelang, Speise und Trank kaum berührend. Ich schrieb in meiner peinlichen Sorge an Julie Bürger, *sie* möchte doch versuchen, ihn aus seinem starren Hinbrüten aufzuwecken. Und da will ich Ihnen nun gerade sagen, lieber Freund, daß der vorzeitige Tod von Hanns Bürger wie für die Seinigen, so auch für den Vater und demnach für uns alle ein schwerer Schicksalsschlag gewesen ist. Wie Sie wissen, hatte Julie ihrem Gatten mehrere Kinder gegeben, von denen aber keins am Leben geblieben war. Beim plötzlich erfolgten Tode Bürgers abermals guter Hoffnung, zog sie nach Neapel, wo ihr dort verstorbener Vater unweit von Amalfi eine prächtige Besitzung erworben und dem Wunsche seiner Tochter gemäß Villa Byron benannt hatte. Dort gebar sie eine Tochter, welche die Mutter nach einer Heldin ihres Lieblingsdichters Medora nannte und die jetzt zu holdseliger Mädchenblüte herangewachsen ist. Sie steht, seit ihre uns allen so unvergeßliche Mutter vor Jahresfrist gestorben, unter der Obhut ihrer trefflichen Tante Marget, die Ihnen wahrscheinlich unter ihrem Kindernamen »das Gritli« erinnerlicher sein wird. Erst vor wenigen Tagen schrieb Medora gar herzig an Tante Hildegard, daß sie den Soüimer in ihrem schweizerischen Heimatlande verbringen werde, und die Tante, welche an alles denkt, machte in ihrer Antwort das einzige Kind Bürgers und Julies darauf aufmerksam, daß es an Ihrer Türe, als an der eines der vertrautesten Freunde ihrer Eltern, nicht vorübergehen sollte. – Wohl also, ein Brief von Julie Bürger hat damals den armen Vater wirklich aus seiner Erstarrung aufgerüttelt. In der kürzen und bestimmten Weise, welche wir seit dem Tode der Mutter an ihm kennen, erklärte er, daß er eine Fahrt um die Erde machen werde. Er traf rasch seine Vorbereitungen. Dann arbeitete er, um alle Geschäfte für lange hinaus zu ordnen, eine Woche lang angestrengt mit Hermann, welcher mir in den letzten zwei Jahren unsäglich lieb geworden war. O, wie gerne hätt' ich es dem Vater gesagt! Aber, ich wagte es nicht; denn gar oft beschlich mich das quälende Gefühl, er müßte mich hassen, weil meine Geburt der Mutter das Leben gekostet hatte. Wie tat ich ihm unrecht! Eines Frühmorgens hatte der Vater mit Hermann einen langen Ritt durch Feld und Wald gemacht, und heimgekehrt fand er mich mit der Aufräumung seines Arbeitszimmers beschäftigt. Ich mochte dieses Geschäft nie einem Dienstboten überlassen, wie das auch meine Mutter so gehalten hatte. Der Vater stand lange im Fenstererker, nachdenklich in den Park hinunterblickend. Dann kehrte er sich plötzlich gegen mich um, und sein Auge schien mir milder, als ich es jemals gesehen, »Gertrud« – fragte er sanft – »du hast den Hermann Hartwig lieb?« Ich erbebte und das Blut schoß mir jählings ins Gesicht; aber ich zwang meine Angst nieder, als ich seinen Blick voll innigster Liebe und Güte auf mir ruhen sah, und sagte: »Ja, Vater, von Herzensgrund.« – »Und Hermann hat dich lieb, Gertrud?« – »Ich weiß es nicht.« – »Aber du glaubst es?« – »Ja, ich glaub' es.« – »Ihr habt es einander nie gesagt?« – »Niemals, Vater.« Da faßte er mich in seine Arme, und die Tränen stürzten ihm gewaltsam hervor. »O, mein Kind, mein geliebtes Kind« – rief er tief erschüttert aus – »du bist wie deine Mutter! An Leib und Seele wie deine Mutter! Wahr bis in die innerste Herzenstiefe hinein!« Sehen Sie, lieber Freund, das ist für mich ein unbeschreiblich glüklicher Augenblick gewesen, und nie in meinem Leben war ich stolz wie zu jener Stunde; denn höher vermochte kein Lob mich zu stellen, als das aus dem Munde eines *solchen* Vaters vernommene es tat. Bevor ich recht wußte, wie mir geschah, stand mir der vom Vater herbeigerufene Geliebte zur Seite und hielt meine Hände in den seinigen und lagen die väterlichen segnend auf unsern Häuptern. So wurde ich verlobt. Zwei Wochen später war meine Hochzeit, und am Tage darauf reiste der Vater ab. Doch genug jetzt, lieber Freund. Ich bin zu bewegt, um weiter plaudern zu können; auch verlangt mein Töchterlein nach der Mutterbrust. Leben Sie wohl!

5. Tante Marget an Tante Hildegard.

Gersau, 15. April 1870.

...... Nach Z. hinüber mochte ich nicht gehen.

Du weißt ja, Liebe, was für gräßliche, unaustilgbare Erinnerungen für mich an jene Stadt und ihre Umgebung sich knüpfen. Dora freilich will nächster Tage hinüber. Sie hat ja Haus und Heim dort, die sie doch einmal sehen möchte. Auch treibt es sie, das Grab ihres Vaters zu besuchen, und endlich will sie unsern alten, lieben, wunderlichen Freund, den Professor, kennen lernen und ihm sagen, daß ihre Mutter ihm bis zuletzt ein treues Gedenken bewahrt habe. Der berühmte Augenarzt, welchen ich zu Rate ziehen wollte, hatte die

Güte, von dort nach Luzern herüberzukommen. Er gibt wenig Hoffnung, hat mir aber zunächst den Gebrauch von Brillen entschieden verboten, indem er den allerdings sehr scharfen Gläsern, deren ich mich bedienen mußte, die auffallend rasche Verminderung meiner ohnehin von Kindheit auf schwachen Sehkraft beimißt ober wenigstens mit beimißt. Wenn ich aber die Brille ablegen soll, so kann ich ja auf zwei Schritte weit Weg oder Steg nicht mehr sehen und nicht einmal die Züge meiner geliebten Dora erkennen. *Die* ist gut, grundgut! Dabei hochgestimmt und frohgemut wie eine Lerche. Der Ausspruch des Arztes in betreff meiner Augen machte sie erst sehr traurig; dann aber sagte sie in ihrer tröstlichen Weise: »Tante Marget, sei du nur ganz ruhig. Solange ich zwei Augen habe, wird es dir nie an *einem* fehlen, gelt?« So ist sie. Im Herbste bring' ich sie zu Euch, ich selber aber komme, denk' ich, schon im Mai für etliche Wochen, im Mai oder Juni, sobald die Bazzinis über die Berge herübergekommen sein werden. Imeldas Zustand erlaubte diese Reise bis jetzt noch nicht. Die Postfahrt über den Gotthard auf Schlitten war auch kein Spaß, sag' ich Dir, obschon Dora ihren Spaß daran hatte, während ich meinesteils bei dieser Gelegenheit mich gewissermaßen über meine sonst so lästige und peinliche Kurzsichtigkeit freute. Nun sitzen wir hier am Vierwaldstätter See in der trefflich eingerichteten Pension Müller und harren des Frühlings, der aber nur zögernd sein Kommen anmeldet, und warten auf unsere italischen Freunde. Habt Ihr noch immer keine Kunde, wo Dein teurer Bruder weilt? Ich bin so in Sorgen um ihn...

6. Dora Bürger an Imelda Bazzini.

Gersau, 1. Mai 1870.

Cara mia! Verzeih mir, daß ich meinem Telegramm, welches Euch meldete, daß wir glücklich über die Alpen hinweggekommen, erst heute den versprochenen Brief nachfolgen lasse. Mein prächtig Heimatland hat aber so überwältigend auf mich gewirkt, und ich hatte mir auch sonst manchen bedeutenden Eindruck zurechtzulegen, so daß ich erst heute dazu komme, Dir zu schreiben. Zum Dank für Dein langes Warten will ich Dir aber ganz methodisch und in aller Reihenfolge meine neuesten Erlebnisse erzählen, gar nicht im gewohnten und Dir so anstößigen Durcheinander-Dorastil, wie mein neugewonnener lieber Freund, der Professor, sagen würde, der mir neulich ein bißchen Ordnungsrespekt beibrachte mittels seiner Bemerkung: »Ohne Ordnung, liebes Kind, wäre es in diesem leidigen Gerümpel von Welt gar nicht auszuhalten: man würde ja, wenn alles nur so durcheinander läge, gar keinen Schritt mehr tun können, ohne über eine Dummheit oder über eine Niederträchtigkeit zu stolpern.« Also hübsch der Ordnung und Reihenfolge nach, Schatz, gelt?

Du erinnerst Dich, daß wir die »hesperischen« Lüfte, welche schon vor Monatsfrist drüben an Euren schönen Seegestaden wehten, ver- und Euch in Pallanza zurückließen, weil das Augenleiden der armen lieben Tante Marget ein längeres Zögern, endlich die Hilfe eines tüchtigen Spezialarztes anzusprechen, nicht zuließ. Die besagten hesperischen Lüfte wandten uns aber noch jenseits des Alpenwalls treulos den Rücken, und schon in Faido erhielten wir einen richtigen borealen Vorgeschmack dessen, was auf der Nordseite der Berge in Luftsachen Mode sei. Je höher wir dem alten Kerl von Gotthard auf den Leib rückten, ein desto griesgrämigeres Gesicht machte er uns, und er trieb es so ungalant, daß er mir zum Willkomm einen Schneesturm entgegensandte. Nur gut, daß die Tante durch ihre Kurzsichtigkeit verhindert war, zu sehen, wie die Gegend eigentlich aussah: sie hätte sicherlich die Weiterreise von Faido aus nicht zugegeben. Nicht etwa aus Besorgnis für sich selbst, aber für mich. In Airolo wurden wir sämtlichen Passagiere auf Schlitten gepackt, jeder und jede einzeln auf einen kleinen einspännigen Schlitten, und so ging's, weiter den Berg hinan zum Hospiz. Es war ganz lustig und machte mir viel Spaß. Der Postillion, welcher mich fuhr, war ein hübscher junger Bursch aus Lugano. Er hatte große schwarze Augen, *so* groß – Du weißt, ich bin auf schöne Augen versessen – und erzählte mir allerhand Geschichten von diesen Schneefahrten, über den Santo Gotardo. Auf der Höhe angelangt, das heißt in dem von Granit, Eis und Schnee eingewandeten Kessel, in welchem das Hospiz liegt, überkam mich in dieser von schweren schwarzen Wolken überhangenen und unvorstellbaren Wildnis zum erstenmal ein deutliches Gefühl von der wilden Erhabenheit und Trauer der Hochgebirgseinsamkeit. Dann ging's hussa, im Zickzack abwärts ins Urserental, daß mir der Wind nicht übel um die Pelzkapuze pfiff und ich manchmal glaubte: jetzt fliegst du bei der nächsten Krümmung des Weges samt Schlitten und Pferd und Postillion unfehlbar in, den leeren Raum hinaus oder kein Mensch weiß wohin. Es war aber doch recht ergötzlich, besonders wenn, was gar nicht selten vorkam, einer der ganz niedrig gebauten Schlitten in der Reihe umkippte, der darin sitzende, Passagier auf den Schnee hinauskollerte und unter Vonsichgabe, jener populären Redensarten, welche man Flüche nennt, in den rasch wieder aufgerichteten Schlitten zurückkrabbelte. Da sich keiner der Umgeworfenen Schaden tat, so mußte ich jedesmal hell auflachen, gar nicht daran denkend, daß die Reihe, auch an mich kommen könnte. Sie kam aber auch an mich, und das war mir ganz lieb; denn höre nur, ich erlebte bei dieser Gelegenheit ein richtiges Abenteuer.

Von der Station Andermatt aus war mein Schlitten zufällig der letzte in der Reihe. Der Himmel hatte sich aufgetan und wölbte sich in wolkenloser Bläue über dem Reußtal. Fast schmerzend scharf schimmerten die unzähligen Kämme, Kuppen und Zacken ringsum im winterlich weißen Sonnenlicht. Wir aber sausten munter durch das Urnerloch, über die Teufelsbrücke und hinab in die enge Talspalte, welche die tosende Reuß bis gen Amsteg hinunter gebohrt hat. Jetzt freilich lag der Unband noch ganz zahm und still im Banne von Eis und Schnee. Mir fiel die von Kennern als wunderbar schön und zutreffend gerühmte Beschreibung ein, welche Schiller im Teil von der Gotthardstraße gegeben hat, ohne sie jemals gesehen zu haben, bloß vom Hörensagen, nach mündlichen Andeutungen seines Freundes Goethe. Den hat, weißt Du, den Goethe, meine teure Mutter zuletzt sehr geliebt, weit mehr noch als ihren früheren Lieblingsdichter Byron, und darum wollte sie mich auch nicht mehr mit dem Byronschen Namen Medora, sondern mit dem Goetheschen Dora – lies doch mal gleich »Alexis und Dora«, *Imeldaleta mia!* – rufen und gerufen wissen. Doch was schwatz' ich nicht wieder alles kunterbunt durcheinander? Herrgott, wenn das mein professorlicher Freund wüßte! Was wollte ich denn eigentlich zunächst sagen? Ja, richtig, die Verse Schillers wurden mir im Gedächtnisse wach, aber was ich rechts und links und geradeaus sah, wollte nicht zu diesen Versen passen: es war eben nur eine kolossale Schneewildnis, die aber mit dem über sie hingebreiteten ungeheuren Schweigen ganz feierlich wirkte.

Meine feierliche Stimmung nahm freilich ein possierliches Ende und doch auch wieder, wenn Du willst, gar kein possierliches. Diesen Widerspruch verstehst Du nicht, gelt? Tut aber nichts. Unterhalb Göschenen läuft die Straße durch eine lange zum Schutze gegen die Lawinen erbaute »Galerie« und wendet sich dann scharf rechts in eine wilde Schlucht hinab. Da sah ich aus dieser herauf einen einsamen Fußwanderer mir entgegenkommen oder vielmehr einen zweisamen. Denn der Mann, der Herr – er sah in der Nähe in seinem einfachen dunkeln Anzuge mit umgehängter Seitentasche, über die Schulter geworfenem Kapuzenmantel und langem Bergstock durchweg gentlemännisch aus – war eigentlich zweisam, insofern ihm ein ungeheuer großer, rabenschwarzer Hund – Du kennst meine Schwache für diese wie überhaupt für alle nicht gar zu häßlichen Tiere – ja ein wahres Ungeheuer von Hund mit einem Lüwenkopf und prachtvollem Schweife zur Seite ging. Mein Schlitten fuhr in vollem Schuß auf den Wanderer zu, welcher sich beim Herankommen des Gefährtes behend auf den Rand der Schneewand rechts am Wege schwang. Der Hund folgte seinem Herrn, der, wie ich im Heranfahren – die Sonne schien hell – bemerkte, einen kurzgehaltenen grauen Vollbart um Lippen, Wangen und Kinn trug. Da, bevor ich an ihm vorüberschoß, rrratsch! krachte das Schlittengestell unter mir, das Pferd machte einen Seitensprung – nein, der Seitensprung kam zuerst und dann das Gekrach – kurz, der Schlitten rollte jäh nach links, und das Ende vom Liede war, daß er umkippte, ich aber von meinem Sitze auf den Schnee hinausgeschleudert wurde und etliche Ellen weit den gegen das Flußbett steil abfallenden Abhang abwärts kollerte. Bevor ich nun wußte, ob ich lachen oder weinen sollte – das erstere stand mir näher als das letztere, denn ich fühlte gar keinen Schmerz und kam mir die ganze Geschichte weit mehr komisch als tragisch vor – fand ich mich in den Armen des Herrn mit dem Graubart. Ja, *Imeldinetina mia*, in seinen Armen, denke Dir! Er hatte mich wie ein Kind aufgehoben, und ich sträubte mich auch gar nicht, sondern ließ mich ganz ruhig den Abhang hinauftragen und in den Schlitten setzen, welchen der recht dumm und tappig dastehende Postknecht inzwischen wieder aufgerichtet hatte. Ich muß Dir auch sagen, Schatz, daß ich während der Prozedur des Getragenwerdens meine Augen gar nicht zimperlich niederschlug oder schloß, wie ich doch von Anstands wegen hätte tun sollen, sondern vielmehr meinen Träger, dessen Gesicht nur eine Spanne von dem meinigen entfernt war, recht neugierig anguckte! Das war »frech«, gelt? Aber Du begreifst, ich mußte doch den Mann ansehen, der mir so rasch zu Hilfe geeilt war, daß ihm dabei der Hut vom Kopfe gefallen. So sah ich denn einen bedeutenden Kopf und ernste, ja düstere, dunkelgebräunte Züge, fast bronzeartig, als wäre die Sonne der Tropen lange über sie hingegangen. Die Wangen hager, die Nase scharf vorspringend. Von ihrer Wurzel lief eine tiefe Falte zwischen den starken Brauen weit in die hohe, massive Stirne hinauf. Dies Gesicht hatte etwas seltsam Starres, fast Eisernes; nur der gebietende Blick der großen Augen, vom dunkelsten Blau belebte die düstere Strenge des ganzen Kopfes ganz eigenartig. Doch das Sonderbarste kommt noch: der mir bis dahin noch gar nie begegnete Kontrast zwischen dem grauweißen Bart und den kohlschwarzen Brauen und dem dichten ebenso schwarzen Haupthaar des Mannes. Wie ich mir mittels immerhin nur flüchtigen Anschauens das alles so einprägen konnte? Ja, siehst Du, das kann ich Dir nicht erklären und auch mir selber nicht. Aber ich könnte diesen Kopf, dieses Gesicht malen, ganz getreu, ganz deutlich, und – nun ja, 's ist ja wahr – ich habe es alle diese Tage her oft, sehr oft vor mich hin in die Luft gemalt.

Ich kam doch ein bißchen in Verlegenheit, als der fremde Herr die Pelze und Decken sorgsam um mich herbreitete. Da zog mich der prächtige Hund daraus, nämlich aus der Verlegenheit. Er leckte mir die über den rechten Schlittenrand hinausreichende Hand. Ich tätschelte ihm dafür den Löwenkopf und fragte: »Wie heißt du denn, du schönes und gutes Tier?« – »Er heißt Lara,« sagte der Fremde; »aber haben Sie sich nicht etwa wehgetan, mein Kind?« – »O, gar nicht!« gab ich zur Antwort, und weiter wußte ich nichts zu sagen, nicht einmal: Danke Ihnen recht sehr, mein Herr. War das dumm! Ich schäme mich fürchterlich. Aber siehst Du, lieb Herz, das »mein Kind,« wie der fremde Herr es sagte, klang so eigen. Ich denke mir, so muß es klingen, wenn ein zärtlicher Vater zu seiner inniggeliebten Tochter sagt: Mein Kind! oder auch, wenn – ei, was weiß ich? Kurz, es klang sehr lieb, und dabei sah mich der seltsame Mann mit seinen gebietenden Augen an, gar nicht gebieterisch, sondern mild und gütig. Aber der alberne Postknecht knallte ungeduldig mit der Peitsche, ich hörte den Fremden nur noch nachdrücklich zu ihm sagen: »Fahrt vorsichtig, Bursch!« und der Schlitten trug mich weiter. Es ging über eine Brücke, dann wandte sich der Weg linkshin, und ich kehrte, bevor wir aus dem engen Kessel heraus waren, den

Kopf rückwärts, in der Hoffnung, den hilfebereiten Wanderer noch einmal zu sehen. Richtig, dort droben stand er auf einem Schneehügel, der schwarze Lara neben ihm. Scharf hob sich im hellen Sonnenschein die hohe Gestalt des Mannes von dem blendend weißen Hintergrund ab. Ich sah ihn den Hut zum Abschiede schwenken, ich schwenkte zum Gegengruß mein Taschentuchs dann schoß der Schlitten um einen Felsenvorsprung und alles war vorbei. Eine wunderliche Traurigkeit überfiel mich. Sollte ich diesen Mann zum erstenmal und zugleich zum letztenmal gesehen haben? Wie heftig warf ich mir vor, daß ich ihm nicht gedankt, ihm nicht meine Karte gegeben, ihn nicht nach seinem Namen gefragt hatte. In Wasen holte ich die Karawane ein, und in Amsteg hatte dann die Schlittenpartie ein Ende.

Abends.

Heute ist der erste Mai und mein achtzehnter Geburtstag. Ich hätte gar nicht daran gedacht, falls mir nicht Tante Marget beim Aufstehen einen frischen Veilchenstrauß glückwünschend überreichte. Sie weiß, wie ich die Veilchen liebe, und hatte die Blumen droben am Rigi für mich zusammensuchen lassen. Und ich undankbares Geschöpf dankte der Guten nur flüchtig. Ein Traum, den ich in der Nacht gehabt, hatte mich zerstreut und traurig gemacht. Auch waren die Veilchen so dunkel, fast schwarzblau, daß sie mich an Augen erinnerten, die – doch was schwatz' ich Dir da für wirrseliges Zeug vor! Ich will Dir lieber erzählen, daß ich in Z. gewesen bin und die Bekanntschaft des schon erwähnten Freundes meiner Eltern gemacht habe. Wie der mich freundlich empfing in seiner mit Büchern eingewandeten »Höhle«, wie er seine Stube nennt, sobald ich ihm gesagt hatte, ich sei die Dora Bürger. Er bemerkte ganz gerührt: »Sie haben die Augen und das Lächeln Ihrer Mutter, Kind; auch ihre Gestalt. Aber nehmen Sie mir es nicht übel, ich kann doch nicht mit dem alten Horaz zu Ihnen sagen: › O, matre pulchra filia pulchrior‹« – »Was heißt das, Herr Professor?« – »Das heißt oder will wenigstens sagen – hm, es muß schon heraus – so schön wie Ihre Mutter« – »Bin ich lange nicht. O, da sagen Sie mir nichts Neues. Aber für Ihr Nichtkompliment sollen Sie ein Gegennichtkompliment haben: ich habe keins von Ihren Büchern gelesen.«– »Desto besser.« – »Was? Wieso desto besser?« – »Ja, desto besser, weil Sie darum keine Ursache haben, mich für einen Isegrim zu halten, was zu tun

meine Leser und Leserinnen nur allzu geneigt sein dürften.« Siehst
Du, so plauderten wir schon in der ersten Viertelstunde ganz behaglich und find rasch recht gute Freunde geworden. Er hat mich
dann auf dem traurigen Gange durch mein Besitztum am See begleitet und mir die düsteren Eindrücke wegzuscherzen versucht.
Das Haus, die Gärten, wie groß, stattlich, öde und unheimlich das
alles ist! Selbst meines neugewonnenen Freundes Humor hielt nicht
durchweg stand, und der Professor ließ sich beim Durchschreiten
der Gänge und Gemächer des Hauses das Wort entwischen: »Es
riecht da nach Verlassenheit.« Mir wollte die Erinnerung nicht aus
dem Sinne, daß einmal meiner Mutter die Äußerung entfallen war,
es hätte schon den Großvater nicht mehr in diesen Räumen gelitten,
seit ihm darin die Kunde von einem Greuel in der Familie geworden. Was war es nur mit diesem Greuel? Es muß mit Tante Marget
zusammenhängen. Der Professor weiß sicherlich davon; aber als ich
mit gewiß sehr ungeschickten Fragen daran herumtastete, setzte er
mir mit eiserner Beharrlichkeit die Vorzüge eines großen Viehstü-
ckes auseinander, welches in dem Gartensaale hängt. Beim Nach-
hausegehen – ich mußte natürlich bei ihm wohnen, er tat es nicht
anders, und ich tat es sehr gern – gab er mir jedoch deutlich zu verstehen, daß er meine Fragen keineswegs überhört habe. »Sagen Sie,
liebes Kind,« fragte er, »Sie haben doch wohl auch schon etliche
Romane und Novellen gelesen?« – »Allerdings.«– »Nun wohl, da
müssen Sie also wissen, daß es so ziemlich in jedem alten und ange-
sehenen Hause ein Spukzimmer zu geben pflegt, welches fest verschlossen ist und welches fest verschlossen zu lassen sehr ratsam
sein soll.« – Ich mußte, wie das Kind des Hauses gehätschelt,
schlechterdings einige Tage bleiben und wäre gar gerne noch länger
geblieben, so ich nicht gewußt, daß Tante Marget in Gersau sehn-
süchtig meiner Rückkehr harrte. Täglich besuchte ich das Grab
meines Vaters, von welchem mir der Professor viel erzählte. Einmal
schloß er seine Erzählung mit den warmen Worten: »Kind, Ihr Vater
das war ein prächtiger Mensch! Den mußte man lieben, sobald man
ihn kannte. Er ließ sich freilich nicht so leicht und gern kennen.
Aber kannte man ihn, so hatte man ihn lieb. Was für gute, beste
Stunden hab' ich mit ihm und dem Hellmuth und dem Fabian verlebt! Die beiden waren auch wie Ihr Vater, jeder in seiner Art. Wir
sind wie Brüder mitsammen gewesen, wie treueste Brüder. Den
Hellmuth hätten Sie bei seinen Arbeiten, in seiner politischen und

gemeinnützigen Arbeit sehen sollen! Ich habe keinen zweiten Menschen gekannt, der so ganz wie mein armer Freund dazu geschaffen war, glücklich zu machen und glücklich zu sein. Da fiel aus blauem Himmel der erbarmungslose Schlag. Nun, Sie wissen ja aus dem Munde Ihrer Mutter, wie Hellmuths Frau und was sie ihm war. Und dann der tragische Hingang seines einzigen Sohnes, gefallen im Kampfe Deutscher gegen Deutsche. Wie muß es in meinem von Natur hochleidenschaftlichen Freunde gestürmt, gewühlt haben, bis es ihm gelang, den wilden Scherz notdürftig niederzuringen. Was für eine sozusagen unzerstörbare physische und moralische Kraft setzte es voraus, mit solchem Weh, in der Seele allen den Strapazen und Gefahren zu trotzen, welchen er getrotzt hat, um *nach* verlorenem Lebensglück und *nach* erloschener Hoffnung sich noch in beiden Erdhälften einen berühmten Namen zu machen. Freilich, wozu das alles? Aller Ruhm der Erde wägt nicht ein Tausendstel *des* Glücksmomentes, wann in vier Augen dasselbe Himmelsfeuer glüht und zwei Herzen aneinander pochen in einem und demselben Gefühle: Mag die Welt in Trümmer gehen, wenn nur der Trümmersturz *uns* nicht auseinanderreißt! Wohl weiß ich, auch dieses beste und schönste, dieser holdeste Wahn, die Liebe, ist nur eine Masche in dem großen Lug- und Trugnetz, in welches die dunkle Macht, welche unerbittlich über uns waltet, uns von Kindheit auf verstrickt, um uns schließlich damit zu erwürgen. Aber, o, mein liebes Kind, glauben Sie einem Manne, welchem die grenzenlose Nichtigkeit alles Menschlichen längst zum Bewußtsein gekommen ist, Goethes Klärchen hat *doch* recht: ›Glücklich allein ist die Seele, die liebt!‹ und wer das ›Himmelhoch jauchzend, zum Tode betrübt‹ – nicht wenigstens einmal in seinem Dasein ›freudvoll und leidvoll‹ durchgenossen und durchgelitten hat, der ist der Ärmste von uns Armen allen und mag mit Hiob sprechen: ›Verflucht sei die Stunde, wo ich ward geboren!‹«

Ich weiß gar nicht, wie es kam, daß ich mich gerade nach diesem Ausbruch, wie er dem ganzen Wesen meines Freundes zufolge gewiß ein seltenes Vorkommnis ist, wunderlich gedrungen und getrieben fühlte, ihm, wozu ja gar keine äußere Veranlassung vorlag, mein kleines Gotthardsabenteuer mitzuteilen, welches ich doch der Tante verschwiegen hatte. Warum? weiß ich selbst nicht. Um sie nicht noch hinterdrein unnötigerweise zu erschrecken, glaub' ich.

Der Professor wurde während meiner Erzählung immer aufmerksamer und zuletzt so unruhig, daß er hastig im Zimmer auf und nieder ging. »Ich langweile Sie wohl, verehrter Freund?« sagte ich. »Nicht doch,« entgegnete er; »sagten Sie nicht, Kind, Ihr quasi Retter und Ritter hätte auffallenderweise tiefschwarzes Haupthaar und einen ganz grauen Bart gehabt?« – »Allerdings.«– »Kurios! Kurios! In dem Briefe von Gertrud – aber es wäre ja ein ganz abenteuerliches Zusammentreffen. Nein, es kann nicht sein.« – »Was haben Sie denn?« – »Nichts, nichts. Es ging mir nur ein närrischer Einfall durch den Kopf. Möchte aber doch wissen, wer der seltsame alte Mann wohl war.« – »O, *caro professore,* er war gar nicht so alt!« Das fuhr mir nur so heraus. Der Freund stand vor mir still, sah mich scharf an, so scharf, daß ich vor seinem Blicke die Augen senkte, und sagte, wohlwollend meine Hände in die seinigen nehmend: »Kind, Kind, wenn Sie sich nur da droben am Gotthard am Ende nicht dennoch wehgetan, haben!«

Dieses Wort senkte sich mir mit merkwürdiger Schwere in die Seele. Gestern mußte ich während der ganzen Dauer der Rückfahrt hierher darüber nachdenken. Ich bin überhaupt recht nachdenklich seit einiger Zeit. Auch recht wechselnd und launisch in meiner Stimmung. Bald unruhvoll und hastig, bald träge und traurig. Liebe Seele, was ist denn das? Der guten Tante muß etwas an mir auffällig vorkommen. Heute sagte sie zu mir: »Dora, wo hast du denn dein Losungswort *Never mind!* hingebracht? Ich habe es viele Tage lang nicht von dir gehört.« – » *Never mind!*« erwiderte ich lachend, aber, siehst du? das Lachen wollte mir nicht so recht vom Munde gehen. Letzte Nacht schlief ich schlecht, oder vielmehr ich schlief erst gegen den Morgen zu ein, und da träumte mir, ich stände mitten in einer wunderschönen fremden Frühlingslandschaft. Alles leuchtete, blühte, duftete ringsum, und aus tiefblauer Luft hörte ich die Lerchen jubilieren. Wie ich aber vorwärts gehen wollte auf dem beblümten, sammetweichen Rasen, hörte derselbe plötzlich auf, und ich fand mich am Rande einer ungeheuren schwarzen Kluft, über welche gar nicht wegzusehen war. Von drüben aber, wie aus weiter Ferne, rief es: »Zu früh und zu spät, mein Kind!« und die rufende Stimme, ja sie war die des rätselhaften Fremden. Sie klang so zärtlich-besorgt und zugleich so traurig, daß es mir das Herz beklemmte und ich angstvoll erwachte. Ein sonderbarer Traum, gelt? Ich glaube, ich habe darob meinen achtzehnten Geburtstag mit Weinen angehoben. Wie, wenn der gute Professor recht gehabt hätte! Wenn ich mir wirklich wehgetan hätte »da droben am Gotthard!« Du wirst mich auslachen von wegen all der Torheit, welche ich an dich hingeschrieben habe. Tu' es immerhin, liebe Imelda; aber es ist doch seltsam, daß mir mein leichtherzig *Never mind!* abhanden gekommen zu sein scheint.

7. Der Professor an den Propst.

Z., 17. Mai 70.

Lieber Alter! Ich will mich für die Kürze Deines Briefes von neulich in großmütigster Weise rächen, indem ich Dir einen recht langen schreibe. Und zwar will ich Dir altem Pfaffen – das Wort natürlich nur im harmlosen Sinne des Mittelalters gebraucht – die Wohltat erweisen, Dich im Geiste mit dem liebenswürdigsten jungen Mädchen bekannt zu machen, welches mir seit dreißig Jahren vorgekommen ist. Ja, wenn ich recht erwäge, hab' ich überhaupt all mein Lebtag kaum jemals ein liebenswürdigeres Geschöpf gesehen als dieses. Nun wett' ich, Du sprichst bei Dir: »Oho!« brummst etwas von einem »alten Enthusiassinus« und denkst oder sagst auch wohl: »Es hat nie etwas Liebenswürdigeres gegeben auf Erden als Tante Hildegard, da sie noch jung war.« Ich bin sogar überzeugt, *Fabiane carissime*, Du lässest den von mir vorausgesetzten Nachsatz weg, alldieweilen Dir Tante Hildegard noch jetzo, wie vor dreißig Jahren, das Liebenswürdigste unter der Sonne ist. Wer ist nun in Wahrheit und Wirklichkeit ein »alter Enthusiassinus«, Du oder ich? Warte nur, Du sollst sehen, daß ich nicht umsonst schon von Amts wegen Skeptiker und Kritiker bin.

Du weißt noch von früher her, daß ich gern allerhand Brotlosigkeiten treibe. So dermalen Studien über die Urgeschichte Amerikas, wozu die zentralamerikanischen Forschungen und Findungen von Squier und Stephens mich angeregt haben. Sitze da eines Morgens sozusagen auf der Ruinenterrasse des Palastes von Palenque und spintisiere, grüble und tiftle über die mutmaßliche Zeit der Entstehung dieses rätselhaften Baudenkmals. Da wird mir gemeldet, daß eine junge Dame mich zu sprechen wünschte. »Soll kommen!« sagt' ich nicht sehr erbaut; denn vormittägliche Störungen mag, weißt

Du? der Teufel holen. Dieser fromme Wunsch mochte nicht sehr undeutlich auf meinem Gesichte zu lesen sein, als die junge Dame eintrat; denn sie blieb wie verdutzt oder verschüchtert an der Türe stehen. Gerade lange genug, daß ich Zeit hatte, zu bemerken, sie sei recht morgenfrisch und kleidsam, aber ganz einfach angezogen. Nichts von all dem infamen Pompadourmodezeug, nichts von den schamlosen Entblößungen, nichts von den abscheulichen Bauschungen und Polsterungen, womit sich unsere jungen und alten Tagesmodenärrinnen als das signalisieren, was sie sind. Hatte auch das liebe Kind keinen jener greuelhaften Wülste, keins jener Rattennester, keinen jener Biberschwänze, die jetzo auf modischen Damenköpfen wuchten und übelduften, auf dem Kopfe, dessen reiche schwarzbraune Haarfülle in simpelster Weise zu zwei trotz ihrer Aufnestelung lang in den Nacken hinabhängenden Zöpfen geflochten war. Mittels dieser Ergebnisse eines raschen Überblickes hatte mich meine junge Besucherin schon halb weg, und es währte dann kaum eine Stunde, so hatte sie mich ganz weg. Auf meinen so freundlich, als eben meine Mittel mir erlauben, ihr gebotenen guten Morgen, tat sie einen Schritt vorwärts und sagte mit einer allerliebst zwischen Sopran und Alt auf- und absteigenden Stimme: »Entschuldigen Sie die Störung, Sor Professore. Aber ich komme als die Überbringerin eines Grußes, welchen meine selige Mutter mir an Sie aufgetragen hat.« – «Ihre selige Mutter, Fräulein?« – »Ja, ich bin die Nora Bürger aus Amalfi.« – »Die Tochter meiner hochverehrten und sehr lieben Freundin Julie?« – »Ja.« – Du kannst Dir denken, wie herzlich ich sie jetzt willkommen hieß. Während ich ihre beiden Hände in den meinigen hielt, ließ sie ihre Augen, die noch den ganzen Zauber kindlicher Unmittelbarkeit haben, neugierig in meiner Höhle herumgehen und rief naiv aus: »Herrgott, wieviele Bücher!« – »Lieben Sie denn die Bücher, Kind?« fragte ich. – »Das will ich meinen.« – »Aber natürlich nur die Dichterbücher?« – »Da kennen Sie mich aber schlecht! Allerdings hab' ich die Dichterbücher vor allen lieb, aber doch auch andere. Meine teure Mutter, sehen Sie, sagte oft zu mir: Du hast zuviel Phantasiephosphor in deinem Gehirn, Dora, und darum könnte dein Lebensfahrzeug im ersten besten Sturme umschlagen, so man es nicht mit dem Ballast ernsten Wissens versorgte. Glaub' mir, Kind, es tut nicht gut, im Traumreiche der Poesie allzu heimisch zu werden. Und dazu seufzte sie und sah mich so liebevoll-besorgt an, daß ich mich entschloß, mir all den schrecklichen Ballast geduldig einladen zu lassen. Herrgott, was hab' ich bei diesem Einladungsgeschäfte für Langeweile ausgestanden! Am meisten Teilnahme hat mir noch die Geographie und was damit zusammenhängt abgewonnen. Ich lese so gern Reisebücher, höre so gern von ganz wildfremden Ländern und Leuten, wo nicht alles so zahm und ordinär und polizeiuniförmlich hergeht wie bei uns. Auch die Literaturgeschichte hab' ich gern, obgleich sie im Grunde traurig zu lesen ist, weil sie zeigt, daß so ziemlich alle die großen Seher und Lehrer der Menschheit recht unglücklich waren. Aber Orthographie, Geologie, Mythologie und wie alle die anderen Logien und Graphien heißen mögen – Schauder! Sagen Sie, Sor Professore, könnte man denn die Wissenschaft nicht ein klein bißchen kurzweiliger machen? Das müßte doch hübsch sein, gelt?« Dieses zutrauliche Fragwort weiß sie so allerliebst anzubringen und auszusprechen, daß man sie nur gleich dafür küssen möchte. Aber sie sieht bei all ihrer harmlosen Zutulichkeit doch keineswegs aus, als ob sie sich nur so küssen lassen würde. Es ist in ihrem Wesen etwas abweisend Jungfräuliches, etwas herb Mädchenhaftes, reizend gemildert durch einen dann und wann flüchtig auftauchenden Zug unschuldiger Koketterie. Da hast Du eine Probe davon, lieber Alter. Eines Tages kramte Nora, wie sie manche liebe Stunde tat, in meinen Bücherrepositorien herum, und bei einer raschen Bewegung, welche sie im Eifer dieser Büchermusterung machte, löste sich das Geschlinge ihrer Zöpfe, so daß ihr diese über den Rücken hinunter fielen, bis an die Kniekehlen reichend. »Was Sie für prächtige Zöpfe haben, Kind!« sagt' ich. »Gelt?« entgegnete sie lachend; »und Sie dürfen kecklich daran ziehen, Sor Professore, ohne befürchten zu müssen, daß Ihnen die Dinger in der Hand bleiben. Sind echtes und eigenes Gewächs, wurzeln auf meinem Kopfe, wissen Sie?« Hundert junge Mädchen hätten so sprechen können, und es wäre ihnen schlecht zu Gesichte gestanden; der Tochter unserer Freundin Julie stand es allerliebst. Warum? Weil sie die Grazie einer ursprünglichen Natur besitzt. Als sie in meiner Bücherei auf die Reisewerke unseres Hellmuth stieß, rief sie aus: »O, die kenn' und lieb' ich sehr! Meine arme Mutter kannte sie auswendig. Einmal fragte ich sie: Sag' mir doch, warum halten diese Bücher die Seele so fest? Weil sie, gab mir die Mutter rasch zur Antwort, von einem geschrieben sind, auf welchen das Dichterwort:

Dir liegt, o Mensch, ein felsenfester Grund
Des Gut- und Edelseins – *du bist es selbst!*
Dir brennt, o Mensch, ein unauslöschlich Feuer
Der Liebe, Kraft und Tat – *das ist dein Herz!*

so paßt, als wäre es eigens auf ihn bezogen und nur für ihn gesprochen.« – »Da ist etwas daran, liebes Kind; ja, da ist etwas daran. Aber wodurch hielten denn diese Bücher Ihre Seele eigentlich fest?« – »Ich kann das nicht so bestimmt angeben. Vielleicht war, was mich so anzog und fesselte, die mannhafte Resignation, welche daraus spricht. Zuweilen kam mir Hellmuths Stil wie eine blanke Eisdecke vor, unter welcher man aber den Strom der Erfindung voll und mächtig dahinrauschen hört. Dann wieder hatt' ich den dummen Einfall, der Mann müßte so eine Art von Hekla sein.« – »Eine Art von Hekla? Das ist in der Tat ein Einfall, obzwar vielleicht kein dummer. Wie meinen Sie denn das, Kind?« – »Ja, sehen Sie, ich hatte nur so das Gefühl, Ihr Freund müßte trotz der Gefaßtheit und Ruhe, der erhabenen Gletscherruhe seiner Sprache, möcht' ich sagen, eine Welt von Feuer in der Brust tragen.« – »Sie fühlten richtig, Kind.« – »Ja, wenn man aufmerksam in diesen Büchern liest, wird einem oft, als sehe man plötzlich rote Lava über Firnschnee rollen, gelt?«

Du erkennst schon aus meiner Ausführlichkeit unschwer, Fabiane, wie sehr dieses holde und liebe Geschöpf mich angezogen hat. Heil dem Manne, welchem Dorn dereinst ihre Neigung zuwendet! Aber wehe ihm und ihr, wenn er sie nicht mit der Seele zu lieben versteht. Sie ist nicht für eine ordinäre Liebe, nicht für eine Alltagsehe geschaffen. Sie verlangt jenen »höchsten Sinn«, von welchem Shakespeare spricht, in Fassung und Führung des Daseins. Ob sie den ihr wahlverwandten und ihrer würdigen Lebensgefährten finden wird? Mögen die Götter es geben, aber ich muß es leider bezweifeln. Sie findet ihn vielleicht schon darum nicht, weil die ganze Fülle ihrer Liebenswürdigkeit nicht sofort, sondern erst im Umgange mit ihr und auch nur Menschen gegenüber, welche ihr ein entschiedenes Vertrauen einflößen, offenbar wird. Auch ist sie nicht, was man eine Schönheit nennt. Ihre Gestalt zwar, hoch, schlank, von schönen Formenverhältnissen, ist eine rechte Wohlgestalt; aber Füße und Hände dürften kleiner sein, als sie sind; auch der Mund, welcher freilich unwiderstehlich anmutig zu lächeln und zu lachen versteht. Die hellenisch geformte Stirne, der hellbräunliche Sammetschimmer der Gesichtsfarbe, das anmutige Oval des Kopfes, die unter dunkeln schöngeschweiften Brauen bald schalkhaft, bald nachdenklich, aber immer voll Seele hervorblickenden braunen Augen, welchen in Momenten der Erregung ein goldenes Leuchten entflimmert – alle diese Vorzüge sind groß. Aber die Wirkung von Doras Persönlichkeit beruht doch nicht auf diesen schönen Einzelnheiten, sondern auf dem kräftigen Hauch von Poesie, den ihr ganzes Wesen atmet, der aus ihren Blicken weht und auf ihren Lippen schwebt. Geniale Anschauung, lauterste Naturwahrheit und reinste Herzensgüte prägen sich so unbefangen, so zwanglos, so lieb und hold in ihrem Gebaren, Reden und Tun aus, daß alle überhaupt empfänglichen Menschen ihr gut sein müssen. Es geht von dem Mädchen eine Erfrischung der Seele aus, wie sie mir in solchem Maße schon lange nicht mehr kund geworden. Dora gehört zu jenen seltenen Menschenkindern, welche schon mittels ihrer bloßen Gegenwart Glück und Behagen hervorrufen. Das klingt ja ganz dithyrambisch, wirst Du sagen, alter lieber Pfaff; aber mag es klingen, wie es wolle, ich sage Dir: es ist so!

Mehrmals kam Dora noch auf Hellmuth zurück, dem sie augenscheinlich von Haus aus, sozusagen, große Teilnahme widmet. Einmal sagte sie mit Beziehung auf ihn: »Es ist doch recht traurig, daß gerade die guten, die besten Menschen so selten glücklich, ja gewöhnlich sehr unglücklich sind.« Das war nun Wasser auf meine pessimistische Mühle, siehst Du? »Traurig, liebes Kind, ist das allerdings, aber doch ganz in der Ordnung,« entgegnete ich. – »Wieso?« – »Weil es logisch ist.« – »Logisch?« – »Ja, die guten, die besten Menschen nehmen den dummen Spaß des Erdendaseins für heiligen Ernst und wollen aus dem absoluten Unverstand dieses Daseins mit aller Gewalt etwas Vernünftiges machen. Dadurch setzen sie sich in Widerspruch mit der Welt, wie auch mit sich selbst, das heißt mit den wirklichen Bedingungen ihres eigenen Wesens, und an diesem Widerspruche gehen sie zugrunde. Die Sache unbefangen angesehen, geschieht ihnen ganz recht. Wer heißt sie die Weisen und Redlichen spielen in unserer Komödia Humana, inmitten dieses ungeheuren Narren- und Gaunerspiels?« – »Das ist abscheulich, was Sie da sagen, *caro amico*.« – »Et freilich, es klingt nicht angenehm in jungen Ohren. Die Wahrheit, Kind, ist weder ein Flötenkonzert noch eine Erdbeerentorte. Wenn Sie aber einmal so alt sind wie ich und erfahren haben, auch nur etzliches von dem erfahren haben, was ich erfuhr, so werden Sie in der Philosophie ungefähr soweit sein wie ich, das heißt, Sie werden wissen, daß das Leben nur um der paar hübschen Fiktionen und lieben Illusionen willen, die es enthält, wert ist, gelebt zu werden, und dannzumal verwundern Sie sich sicherlich auch nicht mehr darüber, daß es den guten und besten Menschen schlecht ergeht, schlecht ergehen muß, von Rechts wegen schlecht ergehen muß ›hier unter dem wechselnden Mond‹.« Sie schüttelte lachend den Kopf und sagte: »Brummbär Sie! Ich hoffe, der Mond werde noch unzählige Male wechseln, bevor ich mich zu Ihrer Philosophie bekehre.« – Die leider nur wenigen Tage, welche Dora bei uns verbrachte, erscheinen mir jetzt wie ein sonniger Traum. Es ist doch merkwürdig, wie viele Sonnenteile so ein junges, reines, gutes und anmutiges Geschöpf in seiner Seele hat. Beim Abschiede verabredeten wir einen Briefwechsel. »Sie haben zwar eine brummbärische Philosophie,« sagte sie; »aber trotzdem sind Sie so ein Mensch, dem man alles sagen darf und kann.« – «Alles, Kind? Werden Sie mir es zum Beispiel auch schreiben, so Sie sich mal verlieben?« – »Gewiß, und das erst recht! Aber nur unter einer Bedingung.« – »Unter was für einer?« – »Daß Sie mir gegenüber den steifen Sie-Stil aufgeben und mich du nennen. Ich habe Sie ja recht liebgewonnen und mochte mir einbilden, ich sei Ihre Tochter.« – »Wärest du es nur, Kind! Beim ober- und unterirdischen Zeus, eine geliebtere gäbe es nicht auf Erden.« – »Sie guter Papa! Dafür sollen Sie aber auch beim Abschiednehmen auf dem Bahnhof einen herzlichen Tochterkuß haben – gelt?«

Als sie fort war, fand ich es nicht zum Aushalten einsam in unsern vier Wänden. »Nimm dich in acht,« sagte meine liebe Alte neckend, »du hast dich in das Kind verliebt.« – »Meiner Treu,« gab ich zur Antwort, »es kommt mir fast auch so vor.«

Kaum waren die Wellenkreise, welche Noras Erscheinung auf der einförmig-stillen Oberfläche unseres Zweisiedlerlebens hervorgerufen hatte, verzittert, als eine zweite, nicht minder liebe Störung eintrat. Ich hatte mir soeben aus den Morgenzeitungen die Überzeugung geholt, daß drüben im Seinebabel der nachgerade kläterig gewordene Bonapartismus oder Verhuellismus wieder mal auf einen großen »Coup« sinnen müßte, so er sich noch länger auf den wassersüchtigen Beinen halten wollte, als mitten in meine nicht eben angenehmen Gedankenzirkel die willkommenste Überraschung trat in der Person unseres Freundes Hellmuth. Ja, er war es. Freilich ohne das, was seine Tochter mir unlängst über ihn geschrieben, hätt' ich Mühe gehabt, den alten lieben Freund wiederzuerkennen. Er machte mir den Eindruck einer hoch und stolz ragenden, aber entblätterten Eiche. Die Gestalt fest und aufrecht, ungebeugt, geschweige gebrochen. In den Zügen etwas Strenges, Starres, nicht Abstoßendes, aber doch Zurückweisendes. Es steht darauf geschrieben: »Laßt mich unbehelligt!« Der düster-kalte Blick scheint das Aufleuchten verlernt zu haben, und der festgeschlossene Mund, der, sozusagen, recht generalisch aussieht, scheint sich nur noch öffnen zu wollen, um kurze Befehlsworte auszusprechen. Ich habe mir jedoch das alles erst nachmals so zurechtgelegt, denn der erste Eindruck seiner Erscheinung auf mich war ein ganz verworrener. Nämlich ich übersah zuerst alles andere ob dem allerdings auffallend seltsamen Kontrast zwischen dem Grauweiß von des Freundes Bart und dem Tiefschwarz seiner Brauen und seines Haupthaars, und einer leicht begreiflichen Ideenverbindung zufolge rief diese Seltsamkeit mir sofort Dora und ihr Gotthardsabenteuer in die Erinnerung zurück. Übrigens fand ich, daß der Kontrast zwar beim ersten Anblick etwas Verblüffendes, dann aber weiter nichts Störsames oder gar Mißfälliges hat. Unser Freund ist auch weit entfernt, greisenhaft auszusehen. Das Vollgepräge der Kraft, welches seine Persönlichkeit früher kennzeichnete, hat nicht viel von seiner Schärfe verloren. Man erkennt unschwer, daß man einen Mann vor sich hat, welcher seit lange nichts mehr fürchtet, weil er seit lange nichts mehr hofft, und dem darum kein Schicksal mehr zu einem Schrecksal werden kann.

Mit mir war er der alte, gute, liebe Mensch, wie ich ihn früher gekannt. Nur seine jetzige Wortkargheit machte einen Unterschied. Ich bemerkte, daß er, so man ihn nicht zum Antworten veranlaßte, halbe, ja ganze Stunden lang schweigend dasitzen konnte, die Hand auf den Kopf seines regungslos ihm zur Seite sitzenden Lara gelegt, welcher wirklich ein prächtiges Tier ist, der schönste Hund, den ich jemals gesehen. Von seinen Wanderfahrten zu reden vermeidet er. Als ich davon anfing, sagte er: »Was in der Hauptsache darüber zu berichten ist, kennst du. Der Fabian hat es ja drucken lassen. Die Summe meiner Reiseerfahrungen aber lautet, daß der Mensch, sei er halb oder ganz zivilisiert, halb oder ganz wild, immer und überall dasselbe aus lauter Widersprüchen zusammengesetzte Geschöpf ist, unter allen Himmelsstrichen und unter allen Lebensbedingungen dazu bestimmt, dazu verdammt – wenn du willst – zu sorgen, zu hassen, zu lieben und zu leiden.« Unsere deutschen Verhältnisse sieht er mit den Augen eines wissenden Menschen an und beurteilt sie mit der Unbefangenheit eines Mannes, welcher alle Parteiborniertheit gebührend verachtet und nur vor *einer* Fahne sich neigt, vor der des Vaterlandes. Zum Schlusse unseres Gespräches über die neuesten deutschen Schickungen äußerte er: »Wer überhaupt Augen hat, womit man Menschen und Dinge, Völker und Staaten sieht, wie sie sind, der muß erkennen, daß die Schlußfolgerung aus der Prämisse von 1866 oder weiter zurück von 1848 oder 1815 oder gar 1763 rasch und unaufhaltsam sich vollziehen wird: die vollständige Verpreußung Deutschlands.« – »Du meinst, es führe kein anderer Weg nach Küßnacht?« – »Du willst sagen: zum deutschen Nationalstaat? Nein!« – »Das ist aber für uns Süddeutsche ein verteufelt widerwärtiger Weg.« – »Gewiß! Aber kennst du einen andern?« – »Ich nicht. Anno 1848, das heißt etwa vier Wochen lang, gab es einen andern, aber du weißt so gut wie ich, daß nur eine verschwindend kleine Minderheit der Nation diesen Weg betreten wollte. Unsere großen Demokratenhäuptlinge neuester Sorte behaupten freilich, sie hätten noch eine ganze Menge nicht durch Preußen und doch zur deutschen Einheit führende Wege zu beliebiger Auswahl bereit.« – »Ach ja, Wege, die allesamt ins gewohnte Schwatzland führen, allwo geistesarme und kenntnislose Schwatzschweiflinge großmäulige Resolutionen fassen, um welche sich weder Mann noch Maus, weder Kind noch Kegel kümmern.« – »Glücklicherweise! Das Ende dieser Mauldemokraten, welche keinen Demos, sondern nur etzliches Pack hinter sich haben, wird sein, daß sie von den Kommunisten als Kuriere, Wegknechte und Quartiermacher verwendet werden. Haben die rötlichen Schwachköpfe diese Dienste getan, so werden die roten Halunken ihnen den wohlverdienten Fußtritt geben.« – »So wird es kommen. Selbstverständlich wäre es rein vergeblich, gegen den Strom des Unsinns ankämpfen zu wollen.« – »Natürlich! Selbiger Strom will, muß und wird seinen Verlauf haben. Zum Glück sind wir alt genug, um galgenhumoristisch sagen zu können: *Après nous le déluge!*«

Als der Freund gelegentlich erwähnte, wie ihn vor kurzem der Ekel aus Paris fortgetrieben habe, warf ich, unwiderstehlich neugierig, etwas Gewisses in betreff von etwas Gewissem in Erfahrung zu bringen, die Frage hin: »Und wo hast du dich denn seither herumgetrieben, du ewiger Wanderer?« – »Ich ging nach Marseille, wo ich mich nach Spanien oder Italien oder Afrika – was weiß ich? – einschiffen wollte, plötzlich aber ein Verlangen oder so was nach den Alpen bekam. Kehrte um und kam über Lyon an den Genfer See. Es reizte mich, die Alpen noch in ihrem vollen Winterkleide, in ihrer ganzen Einsamkeit zu sehen; vielleicht nur weil das körperliche Anstrengung kostete, die mir Bedürfnis ist. Durchstrich die Hochtäler des Berner Oberlandes, wo mir von alters her Wege und Stege vertraut sind. Dann kam ich über den Brünig herüber, um auch in der Gotthardsregion herumzustreifen.« – »War es schön dort oben?« – »Sehr schön!« – Mir kam vor, Hellmuth habe das in einem ganz veränderten Tone gesprochen; wärmer, teilnahmevoller, sozusagen. – »Die ganze Größe des Hochgebirges,« fuhr er fort, »kennt nur, wer es in der Erhabenheit seiner winterlich-einsamen Wildheit gesehen. Ich hatte noch dazu droben am Gotthard ein anmutig Abenteuer.« – Holla! dachte ich, jetzt kommt die Dorageschichte. Und richtig, sie kam. Bei den ersten Worten von des Freundes Erzählung wollte meine Frau, die uns gegenübersaß, überrascht auffahren. Ich aber bedeutete ihr mittels eines Augenwinkes stillzusitzen und still zu sein. Seltsam! Dieser Mann hatte in allen fünf Erdteilen eine Menge der buntesten, absonderlichsten, mitunter gefährlichsten Abenteuer erlebt und bestanden und hielt es nicht für der Mühe wert, davon zu sprechen. Dagegen dieses im Grunde doch sehr gewöhnliche Begebnis, daß auf der Schneebahn einer Gebirgsstraße ein Postschlitten um- und eine darin sitzende Passagierin herausgeworfen wird, das schien ihm erzählenswert. Und wie erzählte er es? Mit dem Herzen, gerade so, wie es Dora erzählt hatte. Mich überkam und übernahm, während Hellmuth sprach, ein unerklärlich banges Gefühl, geradezu eine Sorge, eine Angst, und mir war, als spräche mir eine Stimme, meine eigene Stimme leise in das Ohr: Die beiden sollen und dürfen nicht mehr zusammenkommen! Sonst gibt es ein Unglück.

Was sagst Du dazu, Fabiane? Natürlich glaub' ich heute selber, daß die rätselhafte Besorgnis, die mich angewandelt hatte, dummes Zeug sei. Aber – aber was ist denn eigentlich dumm oder nicht dumm in diesem urdummen Dasein? Item, ich gab meiner Frau einen zweiten Augenwink, als unser Freund seine Geschichte auserzählt hatte. Ich bemerkte gar wohl, daß während der Erzählung die starre Strenge seiner Züge sich gemildert und sein dunkles Auge sich belebt hatte. Er schwieg eine Weile, wie in die Erinnerung des mitgeteilten Erlebnisses ganz versunken. Dann sagte er mit einem tiefen Atemzug: »Wer wohl die junge Reisende gewesen sein mag?« Das sollst du hübsch nicht erfahren, schwur ich still beim ober- und unterirdischen Zeus. Dann fragte ich, um den Freund auf andere Gedanken zu bringen: »Wirst du den Sommer bei uns in der Schweiz verbringen?« – »Ich denke wohl,« erwiderte er. »Du weißt, im nächsten Herbste will ich ins heiße Afrika, wie es in des armen Schubart Kaplied geschrieben steht. Da gibt es nun mancherlei zu ordnen und vorzubereiten, und zu diesem Ende will ich mich in irgend einem stillen Alpental oder auf irgend einem abseits der großen Touristenstraßen gelegenen Berge für etliche Wochen oder auch Monate niederlassen.« Ich empfahl ihm eifrig das Engadin, weil ich rechnete, dasselbe sei für die brustkranke Freundin Noras jedenfalls zu hochgelegen. »Kenne es wohl,« sagte der General, »war früher prächtig dort oben. Jetzt aber wimmelt und wuselt es von Leuten. Also nichts für mich.« – »Nun denn, die Engstlenalp droben am Susten.« – »An diese hab' ich auch schon gedacht. Kann mir ja den Ort mal ansehen. Jedenfalls tu' ich es dir zu wissen, wann ich mich irgendwo gesetzt. Vielleicht besuchst du mich dann.« – »Sehr gern, vorausgesetzt, daß du im August noch dort wärest. Denn früher, weißt du, kann ich nicht abkommen.«

Unser Freund blieb noch etliche Tage hier, aber alle meine Mühwaltung, ihm den Aufenthalt angenehm zu machen, war umsonst. Er fiel in seine Düsternis zurück. Die Erinnerung an die bunten, für ihn so schicksalsmächtigen Erlebnisse, die in früherer Zeit am hiesigen Orte ihm widerfahren, war ihm störsam, obzwar ihm, was sein Verhalten dabei angeht, diese Erinnerung nur zur Befriedigung gereichen konnte. Auch kann er wohl überhaupt nirgends mehr still sitzen. Es ist, als müßte er fortwährend körperlich in Bewegung sein, wie in beständiger Flucht vor den eigenen Gedanken. Er ist ein unglücklicher Mann. Auch sein Reichtum ist ein Unglück für ihn. Der Geier Gram zehrt am quälendsten an einem Menschenherzen, wenn er es ganz ungestört tun kann, das heißt, wenn von außen andringende Nötigungen und Sorgen ihn nicht für Tage, für Stunden oder nicht einmal für Augenblicke verscheuchen. Heil jedem, welcher zum Kampf ums Dasein im allerprosaischsten Sinne des Wortes gezwungen ist. Denn nur dieser Kampf, der » *trabajo de vivir*« – mit einem alten Spanier zu reden – macht das Dasein erträglich. – Als ich den Freund zum Bahnhofe begleitete, sagte er mir, daß er nach Luzern gehen wollte und von da demnächst nach Engelberg. Dort gedenke er zu bleiben, bis die Touristenschwärme sich ankündigten. Dann will er über das »Joch« zur Engstlenalp hinauf, um daselbst, so es ihm gefällt, bis zum Hochsommerende zu verweilen. Er versprach mir einen Brief, ich versprach ihm einen Besuch im August. Es lag und liegt mir gar nicht recht, daß er nach Luzern ging und dort noch eine Woche verbringen will. Gersau ist so nahe dabei. Du siehst, meine Besorgnis hat mich noch nicht verlassen. Vielleicht kommt sie Dir sehr töricht vor, alter Fabian. Mir mitunter auch. Aber es gibt nun einmal so dumme Vorgefühle und ich gesteh' Dir, um Nora tat' es mir leid, sehr, sehr leid!

8. Imelda an Dora

Pallanza, 20. Mai 1870.

...... Du fragst mich: »Was ist denn das?«

Ich will es Dir sagen: *Amore*. Du armes törichtes Kind, Dein Herz spricht und Du verstehst nicht, was es sagt. Du hast dem fremden alten Herrn, der aber nach Deiner Meinung, daß heißt nach Deinem Gefühle »gar nicht so alt ist,« zu tief in die schwarzblauen Augen gesehen, als er Dich den Abhang hinauf und in den Schlitten zurücktrug. Deine Phantasie ist voll von ihm: Dein ganzer Brief bezeugt es. Nimm Dich in acht, teure Nora, nimm Dich in acht! Hinter so einem Phantasiespiel birgt sich ein furchtbarer Ernst. Wähne nicht, mit der Flamme tändeln zu können! Wie sie brennt, zu Asche brennt, ich hab' es leidvoll erfahren, Du weißt es. Hoffentlich war Dein Zusammentreffen mit dem seltsamen Wandersmann zu flüchtig, um einen bleibenden Eindruck hinterlassen zu haben. Hoffentlich wirst Du ihm nie wieder begegnen. Schon Deine einmalige

Begegnung mit ihm hatte einen viel zu poetischen, einen viel zu romantischen Charakter, als daß Gutes davon kommen könnte, wenn Du den Fremden wiedersähest. Du bist ohnehin viel zu poetisch angelegt, viel zu romantisch gestimmt. Das ist ein übles Angebinde, glaube mir. Die Poesie selbst ist ja nur eine störende Episode in der Prosa des Lebens. Es ist ja doch nur, um uns arme Menschen noch mehr leiden zu machen, wenn sich ein Himmel idealer Anschauungen und Wünsche über der Erde wölbt und uns zu nie gestillter und unstillbarer Sehnsucht reizt. Nicht wahr, ich rede recht »weise«? Aber Du wirst Dir meine Weisheit schon gefallen lassen; Du weißt ja, was sie mich gekostet hat. Nur das Glück, nur die Gesundheit, nur das Leben: nicht eben viel, aber doch gerade genug. – Wir sind im Begriffe, von hier aufzubrechen, um Euch in Gersau abzuholen. Den »Berg« haben wir gewählt, vorausgesetzt, daß unsere Wahl, welche auf den Schwarzenstein gefallen ist, Euch genehm sei. Eine deutsche Familie, mit welcher wir hier Bekanntschaft machten und die allsommerlich einige Wochen auf dem genannten Berge verbringt, hat uns den Aufenthalt daselbst sehr anempfohlen. Solltet Ihr inzwischen einen noch empfehlenswerteren Luftkurort ausgekundschaftet haben, so fügen wir uns natürlich. Auf baldiges Wiedersehen also!

9. Dora an den Professor

Interlaken, 31. Mai.

Gestrenger Herr Professor und lieber Papa! Da haben Sie den ersten meiner versprochenen Briefe. Nun machen Sie aber kein allzu langes Gesicht über meine nichts weniger als zierliche Handschrift, gelt? Und finden Sie stilistische oder gar orthographische Fehler, so kritisieren Sie nur tüchtig darauf los; ich lasse mich ja gerne schulmeistern, aber nur von Ihnen. Ob es jedoch anschlagen wird, dafür kann ich nicht gutstehen. Ihr Adoptivkind hat einen etwas harten Schädel. Doch soll sich, wie wenigstens Imelda behauptet – und sie versteht 's – das Organ der Treue daran vorfinden. – Jetzt aber muß ich Ihnen erzählen: 1. eine Freude, 2. ein Leid und 3. ein Abenteuer. (»Was, schon wieder ein Abenteuer?« hör' ich Sie brummen, Sie lieber Brummbär! Aber es ist nun schon so.) Die Freude heißt Imelda, welche mit ihren Eltern endlich über die Alpen herübergekommen ist und uns in Gersau abgeholt hat. Das Leid aber heißt auch Imelda, weil meine arme Herzensfreundin nicht gesunder geworden, seit wir uns in Pallanza von ihr trennten. Im Gegenteil! Und ich bin deshalb in großer Sorge um sie. Ich kann Ihnen gar nicht sagen, wie gut und klug und lieb sie ist und wie schön! Auch jetzt noch in ihrer Krankheit. Aber wie war sie es erst früher, bevor ein Elender ihr das Herz gebrochen. O, ihr Männer, ihr seid doch wohl eigentlich lauter Ungeheuer, wobei es kurios, daß es unter euch recht liebe Ungeheuer geben soll. Das kommt mir spaßhaft vor. Mir soll keiner das Herz brechen, das glauben Sie mir nur, Sor Professore. Aber sagen Sie mir doch, wie verhält es sich denn eigentlich mit dem »Herzbrechen?« Ich habe davon keine klare Vorstellung. Als ich das neulich der Tante Marget sagte, meinte sie: »Bewahre dich der Himmel davor, Kind; daß du dir hiervon jemals eine Vorstellung bilden könntest. Es gehen leider mehr, viel mehr Menschen mit gebrochenen Herzen herum, als man weiß oder ahnt.« – »Aber das ist ja schrecklich, Tante.« – »Was willst du? Es ist der Lauf der Welt so.« – Nun komm' ich zu dem Abenteuer. Wir fuhren mitsammen den See hinab gen Luzern, von wo wir über den Brünig ins Berner Oberland reisen wollten, um noch ein Stück Alpen in der Nähe zu sehen, bevor wir nach dem Schwarzenstein gingen – (dahin gehen wir nämlich und zwar morgen). Wir waren schon im Angesicht von Luzern, als ein Dampfer uns entgegenkam, und wie derselbe an unserem Boot vorüberglitt, Herrgott, was hatte ich da für einen Schreck! Aber einen lieben! Denn, denken Sie, da drüben auf dem Verdecke des vorbeigleitenden Schiffes sah ich den schwarzen Lara, den prächtigen Hund, wissen Sie? Da hab' ich unwillkürlich einen kurzen Schrei der Überraschung ausgestoßen. Hat der Hund ihn gehört? Was weiß ich? Ich sah nur, wie Lara an die Bordgalerie sprang, die Vordertatzen darauf legte und zu mir herübersah, schweifwedelnd, als hätte er mich wiedererkannt. Da rief ich voll Freude »Lara!« hinüber, und in diesem Augenblicke sah ich den Wanderer vom Gotthard dem Tiere zur Seite treten. Sein Blick begegnete dem meinigen, aber nur mit der Flüchtigkeit des Blitzes; denn schon waren die beiden Boote aneinander vorbeigestrichen. Wie es mich drängte, dem dahinschießenden Fahrzeug nachzusehen! Aber das Verdeck unseres Bootes war so mit Menschen angefüllt, daß es lange währte, bis ich die kleine Treppe zum Hinterdeck, wo das Steuerrad sich befindet, hinaufgelangen konnte, und dann war nur noch für einen Augenblick der andere Dampfer sichtbar, wie er gerade in den Seearm einbog, der sich rechtshin gegen Stanzstad ausbuchtet. Wie dumm! Jetzt hab' ich auf dem ganzen Wege hierher und überall hierherum, wo es doch wundersam schön ist, in Meyringen, am Gießbach, auf der Heimwehfluh, in Grindelwald, auf der Wengernalp, kurz nirgends hab' ich den Gedanken an den Lara loswerden können und – und – nun ja, an – seinen Herrn. Das werden Sie ganz in der Ordnung finden, lieber Papa, gelt? Denn, sehen Sie, als das wohlerzogene Mädchen, welches ich immerhin bin, muß ich mich doch sehr beschämt fühlen über mein ungeschicktes Verhalten damals in der Geschichte vom umgeworfenen Schlitten. Nicht ein Dankwörtchen hab' ich meinem Ritter gesagt, und er hat sich doch so artig, so hilfebereit, so – so lieb gegen mich benommen. Für was für ein albernes, undankbares Geschöpf muß er mich halten! Ich könnte weinen darüber. Ist mir auch in den Sinn gekommen, in die Zeitungen eine Danksagung einrücken zu lassen an den freundlichen Unbekannten, welcher an dem und dem Tage da und da auf der Gotthardsstraße einer jungen Dame so wohlwollend beigesprungen. Was meinen Sie dazu, Sor Professore? Aber, ach, das ist alles nichts, ist nur dummes Zeug. Ihnen darf und soll ich ja *alles* sagen. Die Wahrheit ist: mich verlangt sehnlich, den Herrn des schwarzen Lara wiederzusehen. Ich weiß nicht, warum; ich weiß nur, ich habe nicht Rast, nicht Ruhe, bis ich ihn wiedersehe. So was nennen die Gelehrten eine Monomanie, gelt? Die arme Imelda hat mir noch von Pallanza aus wunderliche Sachen darüber geschrieben, nämlich über mein Gotthardabenteuer, das heißt über meine Erzählung desselben. Herrgott, was sie nur alles daraus herausgelesen hat! Zum Glück ist mir gestern eingefallen, daß, was mich drängt und treibt, eine Monomanie sei, und das sagt' ich ihr. Aber sie schüttelte den Kopf dazu. Bin recht begierig, Ihre Meinung zu hören, lieber Papa. – Also morgen geh' ich mit der Familie Bazzini nach dem Schwarzenstein. Tante Marget trennt sich unterwegs von uns, um erst einen Besuch in Rothenfluh zu machen, bevor sie zu uns auf den Berg kommt. Und nun leben Sie wohl für heute und – aber halt! Hören Sie, ich habe noch eine Bitte. Wenn Sie dem Herrn mit dem schwarzen Hunde irgendwo begegnen sollten, so schreiben Sie mir's doch schleunig, bitte, bitte! Ich – nun, ich grüße Sie aus Herzensgrund.

II. Peripetie

1. Der General an Hermann Hartwig

Bern, 2. Juni.

Eure letzten Episteln, liebe Kinder, und die übrigen Briefschaften sind mir in Luzern richtig zu Händen gekommen. Der Geschäftsbericht war überflüssig. Behellige mich, lieber Hermann, vor dem Herbste nicht wieder mit dergleichen. Dagegen dürfte Gertrud wohl etwas einläßlicher über die Kinder schreiben. Ich bin freilich kein zärtlicher Großpapa, aber darum noch lange kein liebloser. – Der sich fühlbar machende Mangel an Räumlichkeiten im Isoldesstift soll kein Hindernis für die Aufnahme weiterer Pfleglinge werden. Es soll unverzüglich zu den nötigen Neubauten geschritten werden. Weise die Gelder dafür sofort an, lieber Sohn. Ich will, daß noch für ungefähr fünfundzwanzig Kinder mehr als bislang Platz geschaffen werde. Was die armen alten Frauen in Gertrudsruhe angeht, so soll ihr Behagen durch die von Dir berührte mehr und mehr zunehmende Teuerung aller Lebensbedürfnisse in keiner Weise beeinträchtigt werden. Gib daher dem Stiftungskapital ohne Zögern die nötige Ergänzung. – Es war gut von Euch, obzwar nur billig, daß Ihr der uralten, blinden, endlich vom Leben erlösten Theres ihre Grabstätte bei den Gräbern unserer teuren Toten bereitet habt. Ehre solcher Dienstbotentreue, durch zwei Generationen hindurch unermüdlich bewährt! Die gute Theres hat mich zuweilen noch tüchtig abgekanzelt, als ich schon ein Mann war; aber ich wußte, sie wäre, wenn nötig, für meinen Vater, für meine Mutter, für Hildegard, für mich, für deine Mutter, Gertrud, und für Dich selbst gestorben, ohne auch nur mit den Wimpern zu zucken. Es ist ein Hauptfluch unserer Zeit, daß alles Vertrauen, alle Pietät, alle Treue aus dem Verhältnisse zwischen Dienstherrschaft und Dienstbotenschaft mehr und mehr schwindet oder schon geschwunden ist. Meister und Gesell, Herr und Knecht, Frau und Magd sind nur noch Feinde. Der Klassenkampf braucht also nicht erst anzuheben, er hat schon angehoben. Wehe denen, welche leben, wenn er in vollem Gang und Zug sein wird. Alle Greuel der Sklavenkriege des Altertums, der Jacqueries des Mittelalters, der Bauernaufstände des Reformationszeitalters werden sich erneuern und zwar in den riesenhaften

Dimensionen, wie sie den heutigen Bevölkerungszahlen, den Verkehrs-, Kampf- und Mordmitteln entsprechen. Unsere raffinierte Kultur selbst wird alle Wege und Werkzeuge bieten, um die hereinbrechende Barbarei zur beispiellosen Grausamkeit hinaufzuraffinieren. Doch genug der Kassandraworte. Ich bin doch sonst schon lange nicht mehr so töricht, Warnungen an meine mehr oder weniger lieben Mitmenschen zu richten, und weiß gar nicht, wie ich heute dazu gekommen, so schreibselig zu sein. – Nach Engelberg, wohin ich, wie Ihr wißt, zu gehen beabsichtigt hatte, bin ich noch nicht gekommen. Ein Begegnis oder, besser gesagt, eine Begegnung oder eigentlich eine Wiederbegegnung brachte mich davon ab. Nach allerhand Kreuz- und Querzügen bin ich jetzt im Begriffe, von hier aus den Jura zu durchstreifen, und vielleicht laß ich mich dort irgendwo für eine Weile bleibend nieder

2. Imelda Vazzini an Tante Marget.

Auf dem Schwarzenstein, 7. Juni.

... Es ist schön hier oben, das ist wahr; groß, weit und schön. Ich wollte, Sie wären vorhin neben mir gestanden, an der Balustrade der vor der ganzen Langseite des Hauses hinlaufenden Terrasse, und hätten den roten Sonnenball hinter den langgestreckten Kämmen des Jura hinabsinken gesehen. Er warf seinen Scheidegruß für heute den Alpen drüben zu, und diese leuchteten auf in Purpur und Gold vom Säntis und Glärnisch im Nordosten bis hinunter zum Montblanc im Südwesten – eine grandiose Säulenkolonnade, wie hingestellt, Fries und Giebel des Tempels der Welt zu tragen. Mein Heimatland Italien ist schön, und auf edleren Schönheitslinien, als die Ufergelände von Amalfi und Sorrento darstellen, mag wohl selten oder nirgends anderwärts einem Menschenauge zu ruhen gegönnt sein; aber die Schweiz ist groß! Wäre ich so bewandert in dichterischen Vergleichungen, wie Dora schon von ihrer Mutter her ist, würde ich sagen: Italien ist wie ein Canto von Tasso, aber die Schweiz wie eine Tragödie von Shakespeare; oder jenes gleicht einer Goetheschen Elegie, diese einem Prachtstücke Schillerscher Gedankenlyrik. Doch ich sehe, liebe Tante Marget, wie Sie über diesen meinen Anflug von Blaustrümpfelei lächeln, in Ihrer sanften, aber mitunter doch sehr ironischen Tante-Margetweise lächeln, und ich will daher nur ganz einfach sagen, daß mir die Schönheit der schweizerischen Landschaften neben der Erhabenheit ihrer Gebirgsformen insbesondere zu beruhen scheint auf der unsäglichen Frische, welche aus ihnen atmet. Diese Wasserfälle! Diese rasch dahinschießenden klargrünen Ströme, diese blauenden Seen! Und doch wieder überall das Gebunden- und Gebändigtsein des flüssigen Elementes durch Granit, Porphyr und Basalt. Sie wissen, das Schrankenlose ist meiner Natur nicht sympathisch, und darum hat mir das Meer immer eine Empfindung von Monotonie erweckt. Die Alpen dagegen muten mich erhaben an. Hier ist Größe in scharfer Begrenzung und Formbestimmtheit. Diese Kolosse von Bergen füllen die Anschauung vollständig aus, aber sie bleiben für die Phantasie faßlich und begreiflich, sie muten derselben nicht mehr zu, als sie zu leisten vermag, wie dieses das Meer tut. Auch die Alpen erregen übrigens gleich dem Ozean in uns ein Gefühl von erhabener Traurigkeit, weil wir eben unwillkürlich mit ihrer Größe und Ruhe die Kleinheit und Unrast des Menschendaseins in Parallele bringen. Doch ich sehe Sie zum zweitenmal ironisch lächeln, teure Freundin, und das erinnert mich daran, daß ich eigentlich nicht philosophieren oder, weniger anspruchsvoll zu reden, nicht reflektieren, sondern nur referieren wollte.

Wir sind also glücklich auf dem Schwarzenstein eingehaust, wie Ihnen Dora bereits gemeldet hat. Es ist hier gut sein, denn das festgebaute Haus bietet jedes Behagen, welches man 4000 Fuß hoch über dem Mittelmeerspiegel fordern kann, und der Berg seinerseits Spielraum genug, daß die Luftkurgäste einander nicht im Wege sind. Man kann weite Spaziergänge machen ohne viel Beschwerlichkeit. Eine besondere Annehmlichkeit sind die auf dem Bergkamm vorhandenen Wälder, darunter sogar ein Buchengehölz, in solcher Höhe eine Seltenheit, wie man mir sagt. Während der ersten Tage unseres Aufenthaltes war die Witterung windig und frostig, und das hatte meine Brust sehr zu empfinden; seither jedoch ist es sonnig und windstill geworden und nun atme ich nicht allein ohne Beschwerde, sondern auch mit Genuß in dieser wunderbar reinen Luft. Viel Bewegung zu machen, vermag ich freilich noch nicht, sondern verbringe den größten Teil des Tages an einer vor dem Luftzug geschützten Stelle der Terrasse. Dora ist immer bei mir: ihre unerschöpfliche Güte will ja nichts davon wissen, mit der übrigen Gesellschaft – es sind recht viele gute und liebenswürdige Menschen darunter, meist schweizerische und deutsche Familien, Stammgäste des Schwarzensteins – weitere Gänge und Ausflüge zu unternehmen, solange ich solche nicht ebenfalls mitmachen könnte. Aber, liebe Tante Marget, es war seit einiger Zeit eine Veränderung mit unserer geliebten Dora vorgegangen, die mich beunruhigte, sehr beunruhigte. Jene sonnige Heiterkeit, wissen Sie, womit das teure Kind überall, wo es erschien, Frohsinn verbreitete, jener neckische Mutwille voll Harmlosigkeit und Grazie, der alle Welt ergötzte und bezauberte, jenes schuldlose, scheinbar nur tändelnde und doch auf einer nicht gewöhnlichen, sondern alles Ernstes erstrebten und erworbenen vielseitigen Geistesbildung beruhende Spiel mit den mehr oder weniger großen Fragen und Problemen des Lebens, das alles war ja, wie Sie selber bemerkt haben müssen, plötzlich wie verschwunden und hatte einer Stimmung Platz gemacht, welche zwischen trüber Ernsthaftigkeit und fieberischer Aufgeregtheit ebenso häufig als sprunghaft wechselte. Das war so gekommen, seitdem Dora jene Schlittenfahrt über den Gotthard gemacht hatte, und ihre bezüglichen Mitteilungen ließen mir über die Ursache keinen Zweifel. Ich sprach Ihnen ja davon, wenigstens andeutungsweise. Sie meinten aber der Sache keine Wichtigkeit beilegen zu sollen, indem Sie sagten, das werde so rasch vorübergehen, wie es gekommen, denn das Kind hätte ja doch wohl eine gute Dosis von Flüchtigkeit in seinem Wesen.

Es ist nun aber nicht vorübergegangen, teure und verehrte Freundin, das heißt, der Trübsinn sowie die fieberhafte Unruhe Doras, die sind in Wahrheit vorübergegangen, seit zwei Tagen fort und wie spurlos verschwunden, und das Kind lacht wieder mit den Augen und mit dem Munde so herzlich wie früher; aber das andere, ja das andere ist nicht vorübergegangen, sondern, furcht' ich, machtvoll, sehr machtvoll gegenwärtig und da.

Sie sehen mich fragend an, was ich Ihnen denn da für ein Rätsel aufgäbe? Ich löse Ihnen dasselbe sofort. Vorgestern war ich vormittags lange mit Papa und Mama und Dora auf der Terrasse hin und her gegangen und hatte mich dann müde an meinen gewohnten Platz gesetzt, um zu lesen. Mama ging in ihr Zimmer hinauf, Briefe zu schreiben, und Papa forderte Dora auf, mit ihm nach dem »Känzeli« zu gehen, einer Stelle unseres Berges, die man mir als reizend geschildert hat und die zumeist das Ziel für die Morgenausflüge der

Kurgäste bildet. Man setzt sich dort zwanglos zusammen, die Damen nehmen ihre Handarbeiten vor, die Herren lesen, rauchen, erzählen, kurz, man geht, wie Papa sagt, mitsammen recht angenehm müßig. Dora wollte zwar bei mir bleiben, aber ich jagte sie förmlich fort. Sie mußte in Gesellschaft, da sie mir an diesem Morgen nicht nur trübe, sondern geradezu traurig vorgekommen war.

Als sie gegangen, war es, wie zu dieser Tageszeit immer, recht einsam auf der Terrasse. Der heiße Sonnenschein lag auf derselben, und ich dämmerte in meiner behaglich schattigen Nische ein wenig ein. Nach einer Weile weckten mich Männerstimmen, welche von rechtsher kamen. Ich konnte die Sprechenden nicht sehen, unterschied aber die Stimme unseres trefflichen liebenswürdigen Wirtes und hörte ihn fragen: »Also, mein Herr, Sie wollen sich einstweilen mit dem kleinen Zimmer begnügen, bis ein größeres und bequemer eingerichtetes frei wird?« Der Angeredete mußte ein neuer Ankömmling sein, denn seine tiefliegende, aber sonore Stimme war mir unbekannt. Es war etwas Kurzangebundenes, um nicht zu sagen Herbes oder Hartes in dem Tone, womit er auf die an ihn gerichtete Frage zur Antwort gab: »Ja, Herr Wirt.« Dieser begann wieder: »Was die Preise –« wurde jedoch sofort von dem Fremden unterbrochen mit den vornehm abweisenden Worten: »Lassen Sie das! Ich bin nicht gewohnt, um Gasthofspreise zu markten.« Ich konnte, wie gesagt, die beiden Sprechenden nicht sehen, möchte aber wetten, daß unser guter Wirt, welchem alltäglich die wunderlichsten Exempel von Markterei vorkommen, besonders von seiten hochnäsiger Engländer, auf die Bemerkung des neuen Kurgastes hin tief sich verbeugt habe. Dann rief die »Jungfer Telegraph«, wie unsere Telegraphistin allgemein genannt wird, aus ihrem auf die Terrasse hinausgehenden Fenster nach dem Wirte, und ich hörte diesen eilends in das Haus gehen. Kurz darauf kamen langsame Schritte das Terrassegeländer entlang auf meine Nische zu, und dann blieb dieser gerade gegenüber ein hochgewachsener Mann stehen, zweifelsohne der neue Ankömmling und – das hatte ich sofort weg – ein Gentleman jeder Zoll. In dem Augenblicke, wo er, ohne mich bemerkt zu haben, mit dem Rücken gegen die Nische gewendet, an dem Geländer stillstand und talwärts schaute, erschien neben ihm ein ungeheuer großer Hund mit langen Haaren, schwarz und glänzend wie Rabengefieder, das prächtigste Hundetier, welches ich je gesehen. Wie es nur kam, daß mir da plötzlich unsere Dora einfiel, so einfiel, daß ich mich fast getrieben fühlte, laut ihren Namen zu nennen? Jedenfalls mußte ich eine Bewegung gemacht haben wie eine Erschrockene, denn die Augen des Hundes richteten sich neugierig auf mich, und auch sein Herr kehrte sich um und bemerkte mich. Ein Blick der dunkeln Augen des Fremden glitt über mich hin, und ich glaubte wahrgenommen zu haben, daß ein Schimmer von Mitgefühl die strengen Züge dieses eigenartigen Charakterkopfes milderte. Gewiß hatte er sogleich erkannt, daß er eine Kranke vor sich hatte. Er nahm jetzt den breitkrempigen Hut ab und grüßte mich mit einem leichten, aber wohlwollenden Neigen des Hauptes. Ich weiß nicht, ob und wie ich diese Artigkeit erwiderte; denn ich sah nur den grauen von dem schwarzen Haupthaar seltsam abstechenden Vollbart des Fremden, und in mir rief es: Doras Ritter vom Gotthard! – Er wandte sich, zu gehen, blieb aber wieder stehen, näherte sich der Nische und sprach mich an und zwar in deutscher Sprache. Ich antwortete ebenso, meine Aufregung bemeisternd, aber er erriet aus meiner Akzentuierung sofort meine Heimat und setzte das begonnene Gespräch italisch fort. Wie mich das anheimelte! um einen jener deutschen Ausdrücke zu gebrauchen, in denen die Seele eurer Sprache atmet, und wie mir das wohlgefiel an dem Manne! Es war das so, scheint mir, eine jener Rücksichten, welche dem entspringen, was man die Höflichkeit des Herzens nennen könnte. Es benahm mir alle Befangenheit, als der Fremde, welchem ganz unverkennbar das Gepräge intellektueller Kraft und sittlicher Strenge aufgedrückt ist, so sanft und gut – Dora würde sagen: so lieb – mit mir redete. Schon nach den ersten Sätzen war mir, als spräche ich mit einem alten guten Bekannten. Es ist etwas so Vertrauen Weckendes im Antlitz wie in der Stimme des Mannes. Man fühlt, daß Gemeines niemals Zugang in seine Seele hatte; aber auch, daß über sein Haupt schwere, schwerste Geschicke hingegangen sein müssen. »Gebeugt zwar, doch gebrochen nicht« – diesen Vers Foscolos rief mir die ganze Erscheinung ins Gedächtnis zurück. Wir sprachen natürlich über das Nächstliegende, über unsern Berg, waren aber in diesem Thema noch nicht weit gekommen, als wir unterbrochen wurden.

Gerade der Mauernische gegenüber, in welcher ich saß und an deren Eingang der fremde Herr stand, öffnet sich das Terrassegeländer und führt eine Anzahl von steinernen Stufen abwärts, wo sich zwischen einem kleinen Gehölze von Zwergbuchen hindurch ein breiter Weg zu der prächtigen Matte hinabzieht, die sich, da und dort von einer gewaltigen Wettertanne beschattet, unter der Kuppe, worauf das Haus steht, hinstreckt. Leichte Schritte, auf dem Rasenweg kaum hörbar, machten sich von dort unten vernehmlich. Der Hund, welcher ruhig neben seinem Herrn gelegen hatte, erhob sich, bewegte die Ohren und trat an den Rand der Terrasse, über deren Niveau in demselben Augenblicke das von eiligem Gehen gerötete Antlitz Noras erschien. Der Fremde, mir zugekehrt, bemerkte ihr Kommen nicht. Sie aber sprang mit dem lauten Ausruf: »Lara! Lara!« die obersten Stufen herauf und überschüttete das Tier, welches sich sofort traulich ihr anschmiegte, mit Liebkosungen. Beim ersten Laut von Doras Stimme hatte sich der fremde Herr umgewandt, wie von einem Federdruck geschnellt. Mit *einem* Schritte war er am jenseitigen Rande der Terrasse, und dort hielt er jetzt Doras Hände in den seinigen; und diese beiden Menschen grüßten sich nicht mit den Lippen, aber mit Augen, aus denen eine wahrhaft selige Überraschung leuchtete.

Sie achteten meiner gar nicht, sondern verharrten minutenlang Aug' in Auge, Hand in Hand, alles um sich her vergessend, ganz erfüllt von dem Vollgefühle des Glückes, sich wiederzusehen. Daran ließ sich ermessen, wie tief der Eindruck gewesen sein mußte, den diese beiden Menschen, welche doch früher nur zweimal und beide Male nur so flüchtig einander gesehen, wechselseitig gegeben und empfangen hatten. Wie sie so dastanden im vollen Mittagssonnenlicht, der graubärtige, dem Greisenalter nahe Mann und das in voller Jugendfrische blühende Mädchen, und ihre Augen sich sagten, daß über die zwischen ihnen klaffende schwarze Kluft des Altersunterschiedes ein allmächtig Gefühl die Verbindungsbrücke geschlagen habe oder doch schlagen könnte, da mußte ich einer Stanze denken, welche mir Dora mal aus einem Eurer alten Dichter vorgelesen hat, und die in meiner Erinnerung haften geblieben: –

Der Minne Macht bewältigt
Die Nähe wie die Weite;
Minne hält auf Erden Haus,
In den Himmel gibt sie gut Geleite.

Wohl ist sie gewaltig
Der Jungen wie der Greisen;
Kein Meister lebt,
Der ihre Wunder alle könnte preisen.

Ihre Wunder? Jawohl, ich sah ja eins derselben leibhaftig vor mir: »Es zwang sie zueinander der sehnenden Minne Not,« abermals mit einem Eurer alten »Meister« zu reden, deren Worte und Weisen mich oft seltsam ergriffen und bewegt haben, mehr, als mir gut war und ist. »Es zwang sie zueinander,« ihn, der fast schon ein Greis, und sie, die fast noch ein Kind. Ach, mich überkam und übernahm die trübe Ahnung, daß auch diesmal, wie so oft, Minne nicht in den Himmel geleiten werde, sondern vielmehr, traurig zu sagen, in die Hölle der Enttäuschung, der Entsagung, vielleicht der Reue. Das innigste Mitleid machte mir das Herz schwellen, als ich die beiden Selbstvergessenen ansah: Mitleid mit ihr, die mir eine Schwester und mehr als eine Schwester geworden, und Mitleid auch mit dem fremden Mann, der mich so gütig angesprochen hatte, weil er gesehen, daß ich leidend.

Wunderliche, um nicht zu sagen wahnsinnige Verknüpfung und Verflechtung von Menschenlosen! Verhängnisvolle Zusammenfindung und Zusammenbindung von Menschen, welche zwei verschiedenen Generationen angehören und bestimmt scheinen, ein aus Illusion und Leidenschaft seltsam gemischtes Drama, das vor vielen Jahren gespielt hat, noch einmal durchzuspielen. Damals endigte das Spiel recht glücklich mit einer Doppelhochzeit. Nun aber sagt mir ein unerklärliches, vielleicht ganz kindisches Bangen, daß der Ausgang diesmal ein tragischer sein werde. O, liebe Tante Marget, mitunter kommt einem doch der Gedanke, jener Schwarzseher von Schriftsteller, der da meinte, das ganze Menschendasein, ja die ganze Weltexistenz sei nur ein traurig Narrenspiel, und die Endursache, die bewegende Kraft desselben heiße allmächtiger Wahnsinn, habe doch nicht so ganz unrecht.

Sie finden mein Gerede wieder sehr rätselhaft, nicht wahr? Sie werden aber sofort anerkennen, daß es viel weniger rätselhaft als wohlbegründet war, wenn ich Ihnen zum Schlusse meines Schreibens dieses sage: der fremde Mann, welchem Dora auf dem Gotthard begegnete, an dem sie dann auf dem Vierwaldstätter See vorüberfuhr und mit welchem sie jetzt auf dem Schwarzenstein zusammengetroffen ist, er ist kein anderer als der General Hellmuth, der Jugendgeliebte, Immergeliebte von Doras Mutter, der Beschützer Ihrer Kindheit, liebe Freundin, Ihr Ideal von einem Menschen und Mann.

3. Dora an den Professor.

Auf dem Schwarzenstein, 10. Juni.

Mein lieber guter Freund! Wie schade, daß Sie in Ihrer »Höhle« sitzen müssen, statt bei uns hier oben zu sein. Denn hier oben da lebt sich's herrlich und in Freuden! Was diese Luft für einen befreienden, aufhellenden, aufheiternden Einfluß übt, ist gar nicht zu sagen. In den ersten Tagen unseres Hierseins merkte ich noch nichts davon. Im Gegenteil, ich ließ – wenigstens meinte Imelda so – den Kopf hängen. Sie meinte auch, ich gebärdete mich ganz so, als ob ich etwas vermißte und beständig danach suchte. Die Menschen haben oft so kohlische Meinungen! (Jetzt brummen Sie vor sich hin: »Kohlisch? Kohlisch? Was soll denn das bedeuten? Wovon ist das abzuleiten? Etwa von Kohl in der Bedeutung von Bafel? Kohlen soviel wie Unsinn sprechen. Er hat mich angekohlt, das heißt, er hat dummes Zeug an mich hingeschwatzt.« Bemühen Sie sich nicht weiter, *caro professore!* (Ich habe das Wort kohlisch von einer Dame aus Mainz, woselbst dasselbe, wie sie mir sagte, ziemlich häufig gebraucht werde und zwar allerdings im Sinne von bafelig, dann auch spaßig, komisch usw.) Übrigens muß ich gestehen, *Ihnen* gestehen, da ich ja versprochen habe, Ihnen alles, gar alles zu schreiben, ja, ich muß gestehen, daß meine teure Imelda einen scharfen Blick hat. In der Tat, mir war so, als müßte ich etwas suchen, was mir fehlte, immer und überall fehlte. Ich kann Ihnen, so Sie es verlangen, feierlich schwören, daß es nicht der junge (übrigens recht hübsche und liebenswürdige) Herr Schnäbeli war, welcher angeblich luftkurgebrauchswegen hier oben weilt, eigentlich aber, um mir in bester Form den Hof zu machen. Denken Sie mal, lieber Freund, »Frau Schnäbeli«, wie närrisch das klingt, wie »kohlisch«, gelt? Übrigens ist er ein sehr netter Junge, dieser einzige Sohn eines großen Fabrikanten in Ihrer Nachbarschaft; vielleicht ein bißchen zu korpulent für sein Alter, aber sonst *comme il faut.* Große hellblaue Augen – Sie wissen ja, ich bin eine Augennärrin – ein frisches, gutmütiges, wenn auch etwas ins Kafferige hineinspielendes Gesicht, ein prächtiger hellbrauner Bart, weiße Hände – auch ein Faible von mir – dazu eine sehr schöne und wohlgeschulte Baritonstimme, ein geschmackvoller Gesangvortrag – »Beim Zeus« – so hör' ich Sie jetzt ausrufen – »das Kind ist verliebt, verliebt bis über die Ohren!«

Und wenn ich es wäre, was dann, Papa? Ich habe Ihnen nicht versprochen, mich nicht zu verlieben, sondern nur, es Ihnen ehrlich zu sagen, so ich es würde. Einstweilen bin ich es nicht. Nein, ich bin nicht, was man so, stell' ich mir vor, verliebt nennt; aber vielleicht liebe ich. Herrgott, da werden Sie nun wieder einmal in meinem Geplauder die Logik vermissen, *never mind*! Logisch oder unlogisch, es ist nun schon so.

Ich darf doch nicht unterlassen, Ihnen mitzuteilen, daß mich erst ein anderer Mann auf die Vorzüge des liebenswürdigen jungen Herrn Schnäbeli aufmerksam machen mußte, um mir dieselben zur Erkenntnis zu bringen. Es war vorgestern abend. Die Luft war so mild, daß die ganze Kurgesellschaft nach dem Abendtische noch lange auf der Terrasse verweilte, vor den offen stehenden Fenstern des Damensalon gruppiert. Da drinnen wurde musiziert. Eine Dame aus Straßburg spielte mit großer Eleganz eins jener Chopinschen Notturnos, welche die Nerven schmerzlich erbeben machen. Dann sang Herr Schnäbeli den Erlkönig von Schubert, und zwar ganz vortrefflich. Zufällig, ganz zufällig – hören Sie, Papa? – blickte ich während des Gesanges zu meinem neben mir stehenden Begleiter auf und bemerkte also, daß seine Augen auf mir geruht hatten. Natürlich nur, um die Eindrücke zu beobachten, welche die Schubertsche Melodie auf mich hervorbrächte; weshalb denn sonst? Er konnte unschwer bemerken, daß ich dem Liede mit voller Teilnahme lauschte, und nachdem es zu Ende und der allseitig gespendete Beifall verrauscht war, sagte er zu mir: »Der junge Mann hat eine sehr schöne Stimme und singt mit Verständnis und Gefühl. Er sieht auch sehr hübsch aus, ist unterrichtet, hat gute Manieren, und sein ganzes Benehmen läßt schließen, daß er gut und wacker.« Er sprach das so ernst und aufrichtig, wie eben sein ganzes Wesen ist, so neidlos, und das gefiel mir so unbeschreiblich wohl, daß ich, falls es sich nämlich für ein junges wohlerzogenes Mädchen schickte, so etwas zu denken, gedacht hätte, ich möchte ihn dafür küssen. Vielleicht Hab' ich es, um ganz ehrlich zu sein, doch gedacht, aber beileibe nicht getan. Nur die Hand drückte ich ihm, und das war doch nicht mehr als billig, nicht wahr? Doch halt, halt! Ich bin wieder mal in meine Gewohnheit, vom Texte abzukommen, verfallen und muß versuchen, mich zu unserem eigentlichen Thema zurückzufinden.

Was war es denn nur? Ja, richtig, daß es mir anfangs hier oben war, als müßt' ich nach etwas suchen. Dieses etwas – ich hab' es jetzt heraus – war ganz unzweifelhaft der schwarze Lara, dieser Prachtkerl von Hund. Denn seit er mich gefunden, seit er auf dem Schwarzenstein, ist mein Suchetrieb ganz weg. Ist das nicht wunderlich, Papa? Was sagen Sie dazu? Ich liebe den Lara, der sich mir von der ersten Stunde an merkwürdig zutunlich erwiesen hat, ganz unsäglich. Sein Herr ist auch da. Sie können sich gar nicht vorstellen, teurer Freund, wie lieb der Lara ist. Vorgestern abend hätt' ich, wie schon gesagt, ihn küssen mögen, nämlich seinen Herrn, weil er so gerecht und neidlos die Vorzüge des schönen Herrn Schnäbeli rühmte. So was kann und tut nicht jeder.

Nun werden Sie fragen: Wie ging es denn zu, daß der Lara Sie auf dem Schwarzenstein ausgewittert hat und zu Ihnen da hinaufgekommen ist? Das ging nun, mein' ich, ganz natürlich zu. »Liebe findet ihre Wege,« wissen Sie? Der Lara scheint mich eben damals am Gotthard droben plötzlich liebgewonnen zu haben, wollte demzufolge mich wiedersehen, und sintemalen er ein sehr gescheites Tier ist, mag er zu seinem Herrn gesagt haben: »Wie wär' es, wenn wir auf den Schwarzenstein gingen? Fräulein Nora ist dort, und wir sollten ihr doch anstandshalber Gelegenheit geben, ihre dazumal in der Eile vergessene Dankbezeigung an den Mann, das heißt, an uns zu bringen.« Begreifen Sie, Papa? Aber was Sie nicht begreifen können, weil es eben über das Begriffliche hinausgeht, das ist, wie meine Seele jubilierte, als ich, von einem Morgenspaziergange heimgekehrt und den übrigen vorausgeeilt, um schneller wieder zu Imelda zu kommen, auf der Terrasse mich plötzlich meinem Ritter vom Gotthard gegenübersah – ich will sagen: dem schwarzen Lara – das heißt, sein Herr hatte, als er mich wiedersah, eine solche Freude in den Augen, daß ich, aufrichtig gestanden, eine geraume Weile nur diese Augen sah und den Hund schnöderweise ganz vergaß.

Wie froh und frei und glücklich ich jetzt mich fühle, können Sie gar nicht glauben, lieber Freund. Ich habe auch volle Ursache dazu.

Denn Imelda, das liebe Schwesterherz, befindet sich entschieden besser, und die herrliche Schwarzensteinluft scheint ein helles Wunder an ihr verrichten zu wollen. Dann hatte ich ja auch die Genugtuung, einen Auftrag meiner teuren Mutter ausrichten und ihre letzten Grüße bestellen zu können an den Mann, welchen sie in ihrer Jugend so heiß geliebt hatte und den sie auf dem Grund ihres Herzens getragen hat bis zuletzt.

Sie blicken erstaunt von diesen Zeilen auf, Papa? Ja, staunen Sie nur! Es gehen doch noch wunderbare Dinge vor in der Welt, Euch Skeptikern und Kritikern allen zum Trotz. Mein wiedergefundener Ritter vom Gotthard ist ja Ihr und meines Vaters und Propst Fabians Freund Hellmuth, dem ein ganz eigenartiges Leuchten über das strenge Gesicht fuhr, als ich ihm sagte, daß ich die Tochter seiner Freundin Julie sei. Ich muß ihn liebhaben, ich muß! Wie könnt' ich anders? Die Seele meiner Mutter ist in mir. – Ob das aber die rechte Liebe ist? Ich meine nicht das dumme Verliebtsein, nein, ich meine die Minne, von der unsere alten Dichter solche Wunder zu melden wissen, die Liebe, die »Flamme Gottes«, das allmächtige Feuer, »stark wie der Tod«. Ich weiß nicht, ich weiß nicht. Ich fühle nur, daß ich mit diesem Manne gehen könnte bis an das Ende der Welt, daß mein Vertrauen zu ihm ein grenzenloses und daß ich vor Scham in die Erde sinken müßte, wenn eine Falte in meinem Herzen, in welche sein Auge nicht hineinsehen dürfte. Und das alles nach so wenigen Tagen des Zusammenseins mit ihm!

Wann ich ihn ansehe, wann ich mit ihm rede, wann ich an ihn denke – und wann täte ich das nicht? – dann ist mir, als fühlt' ich ein Joch auf meinem Nacken. Aber, o, wie süß und lieb ist dieses Joch! Auch kommt mir vor, ich sei in diesen letzten Tagen um Jahre älter und ernster geworden. Und doch durchzittert mich etwas Wonniges und lacht das liebe Leben mich an, wie es kaum in den sorglosesten Tagen meiner Kindheit mich angelacht hat.

4. Der Professor an den Propst. Z., 13. Juni.

... Das Unglück ist nun doch geschehen: unser alter Freund und die junge Tochter unserer Freundin Julie haben sich zusammengefunden. Sie sind mitsammen auf dem Schwarzenstein, und ein Brief, welchen mir das liebe Kind vor drei Tagen geschrieben, zeigt mir nur allzudeutlich, daß dieses Zusammensein folgenschwer sein muß. Es ist das ganze Leben und Weben einer jählings erwachten Mädchenseele in Doras hastig hingeworfenen Zeilen, und wenn ich damit die Art und Weise zusammenhalte, womit er bei seinem Hiersein von seiner ersten Begegnung mit dem Kinde gesprochen, so bin ich zu der Annahme gezwungen, daß vermöge einer jener geheimnisvollen Vererbungen, mit deren Erklärung die Physiologen noch lange vergeblich sich abmühen werden, die innerste Herzensneigung einer Mutter auf die Tochter übergegangen sei; sowie, daß Nora nur allzurichtig herausgefühlt hatte, als sie in unserem Freunde eine Heklanatur erkannte. Du wirst sehen, alter Fabian, Du wirst sehen, der erloschen geglaubte Vulkan tritt wieder in Tätigkeit. Sagte nicht das arme liebe Kind zu mir, bei der Lesung von Hellmuths Wanderbüchern sei ihr mitunter gewesen, als sähe sie die rote Lava über Firnschneefelder rollen? Wohl, so sagte sie, und ich glaube, ich bin überzeugt, die Lava ist im Fluß.

Möchte wohl wissen, ob das Zusammentreffen der beiden auf dem Schwarzenstein ein rein nur zufälliges gewesen. Doras Brief läßt das ganz im Dunkel. Ich habe aber so meine Zweifel. Warum ist Hellmuth auf dem Wege nach Engelberg plötzlich umgekehrt? Doch wohl nur, weil er der Tochter Julies auf dem See zum zweitenmal begegnet war. Ich vermute, er hat dann ihre Spur von Luzern ans verfolgt. Ja, ja, der Vulkan arbeitet wieder.

Aber der große Altersunterschied zwischen den beiden, sagst Du? Bah, lieber Alter, Du hast gewiß im Beichtstuhl sattsam Gelegenheit gehabt, zu erfahren, daß der Leidenschaft gegenüber der Verstand umsonst plädiert. Die Leidenschaft ist eine Springstange, womit unser liebes Ich über jede Kluft, und wäre sie so breit und so tief wie die zwischen dem Glärnisch und dem Wiggis gähnende, ohne Zagen und Zaudern sich hinwegschwingt. Und das, muß ich Dir gestehen, gefällt mir an der Leidenschaft. Das ist das Göttliche in ihr. Überhaupt, was wäre ohne sie das Leben? Infamer Bafel, sonst nichts! Beim ober- und unterirdischen Zeus, ich sage Dir, lieber alter Pfaff, mitunter beneid' ich unsern Freund Hellmuth ordentlich um die Fähigkeit, noch so leidenschaftlich fühlen zu können, wie er jetzt allem nach zu fühlen scheint. Du weißt auch, er darf es. Er hat ja den ihm von Jugend auf anhaftenden Vorzug, den Frauen ein Wohlgefallen zu sein, nie mißbraucht: es war in ihm allzeit etwas Keusches, Stoisches. Aber er hatte auch nie eine rechte Anlage zum Glück, worunter ich natürlich nicht die sogenannten Glücksgüter verstehe. Bei allem Stolze seiner Sinnesart ist er doch eigentlich immer zu bescheiden gewesen, insofern er lange, lange nicht so sich selber vertraute, wie ihm andere, andere viele, alle, die ihn kannten, vertrauten. Nach dem Tode seiner unvergleichlichen Frau hat er, wie Du mir mitteiltest, zu Dir gesagt: »Ich hatte diese Perle nicht verdient, ich konnte sie nicht verdienen; darum ward sie mir genommen.« And doch hatte er sie verdient, so ehrlich und gewissenhaft und treu verdient, als nur jemals ein Weib von einem Manne verdient worden ist. Siehst Du, gerade dieses geheime, nach so viel, so glänzend und so erfolgreich erprobter Kraft ganz unerklärliche Mißtrauen in sich selbst, welches unserem Freunde eigen ist, läßt mich jetzt für ihn fürchten. Das Leben, dessen Lockungen er, obgleich noch jung an Jahren, nach dem Verluste Isoldes verachtungsvoll den Rücken gewandt hatte, tritt noch einmal zu ihm heran und sagt schmeichelnd: »Lebe mich doch! Du vermagst es ja.« Aber gib acht, der Zweifel wird sich ihm in den Nacken setzen in Gestalt von übertriebenem Zartsinn, von superlativischer Gewissenhaftigkeit und so weiter. Möglich allerdings, daß die Leidenschaft triumphieren wird, weil sie ja in dieser keuschen Mannesseele die ganze Frische, Stärke und Glut der Jugend bewahrt hat. Aber ich vermag aus dem angegebenen Grunde vorderhand an diesen Triumph nicht zu glauben, und darum ist mir bang um das Ende.

5. Tante Marget an Imelda Bazzini.

Rothenfluh, 17. Juni.

Liebes Kind! Deinen Brief vom Schwarzenstein habe ich richtig erhalten, und gestern gab mir Onkel Fabian auch Kenntnis von einem Schreiben, welches er von unserem alten Freunde, dem Professor, empfing.

Was habt Ihr denn nur, der Professor und Du? Was macht Ihr für Ränke und Schwänke? Ihr tut ja wahrhaftig, als wollte der Himmel einfallen. Und warum? Weil der General und meine Nichte auf dem Schwarzenstein sich getroffen haben und weil Nora ihren Ritter vom Gotthard liebgewonnen hat. Was ist denn daran Besonderes? Wo ist denn das Mädchen oder Weib, welches ihn nicht liebhaben sollte, müßte? Klingt nicht aus Deinem Briefe, teure Imelda, auch ein leiser Ton, der laut genug sagt, daß gleich Deine erste Begegnung mit Hellmuth sympathisch und wohltuend auf Dich gewirkt habe? Ganz in der Ordnung das; ich würde nur das Gegenteil verwunderlich finden. Ich weiß zwar sehr wohl, es ist der Lauf der Welt so, daß nur selten geschieht, was von Rechts wegen geschehen sollte; aber ich sage Dir, und Du brauchst dessen kein Hehl zu haben, wenn meine Dora den General wirklich lieb hat und wenn er seinerseits sie liebgewinnen und in ihrem Besitze sein Glück finden könnte, ich, die ich, wie Du weißt, da auch ein Wort mitzureden hätte, ich würde mit heller Freude ja und Amen sagen. Denn es lebt kein zweiter Mann auf Erden, dem ich mit solchem Vertrauen meine geliebte Nora an die Brust legen würde. Ich habe gesehen, wie glücklich er seine Isolde gemacht hat, und ich weiß, er würde seine Dora ebenso glücklich machen.

Ihr deutet auf den Altersunterschied hin, Du und der Professor. Geht doch! So ein Mann wird gar nicht alt. Das sagte ich gestern auch dem Onkel Fabian, Er lächelte und meinte: » Sie sind ja Feuer und Flamme, Tante Marget.« – »Ja,« sagt' ich, »ich bin Feuer und Flamme, wenn es gilt, unsern Freund und meine Nichte glücklich zu wissen.« – »Aber, angenommen, es käme zu einer Heirat, so wäre das doch immer ein großes Wagnis.« – »Als ob nicht jede Heirat ein großes Wagnis wäre!« – »Das ist wahr, Tante Marget.« – »Ei,« mischte sich Gertrud ein, »was weißt denn du davon, Onkel? Und es ist auch gar nicht wahr. Ich wußte von keinem Wagnis, als ich meinen Hermann heiratete.« – »Aber was würdest denn du, liebes Kind, dazu sagen, wenn dein Vater zu einer zweiten Ehe schritte?« fragte der Propst. »Ich?« versetzte Gertrud. »Ich würde sagen: allen Segen des Himmels und der Erde auf die, welche meinen Vater liebt und beglückt!« – »Das sprach der Geist deiner Mutter aus dir, Gertrud, und gesegnet sei auch du für dieses Wort!« beschloß ich das Gespräch. –

Seht Ihr, so sehen wir hier in Rothenfluh die Sache an. Der Professor, der mir sonst ganz recht und lieb ist, soll nicht daran herumkritikastern. Ich will ihm noch heute den Text lesen, und zwar gründlich. Du aber leb wohl und halte mich auf dem laufenden, Schatz!

6. Der General an den Professor.

Auf dem Schwarzenstein, 25, Juni.

... Dir, mein Freund, muß es als einem alten Alpenwanderer erinnerlich sein, daß im Hochgebirge ein Wildwasser da und dort plötzlich ausgeht, verschwindet, wie von der Erde eingeschluckt, und dann fern von dem Orte seines Verschwindens ganz unvermutet plötzlich wieder hervorbricht, durch unterirdische Gletscherzuflüsse verstärkt, jugendlich ungestüm, schäumend, tosend. Auf meinen Reisen hab' ich das einmal – es war im Himalaja gegen Tibet zu – in großartigem Maßstabe zu beobachten Gelegenheit gehabt. Ein schöner Strom, der, nachdem er mehrere Hochseen durchflossen hatte, klar und tief und ruhig dahinwallte, wurde in seinem Laufe plötzlich unterbrochen durch einen jähen Absturz in eine ungeheure schwarze Felskluft, die ihn verschlang, einschlang, einschluckte, auf Nimmerwiedersehen, wie ich glaubte. Ich war den Strom entlang gewandert bis zur Stelle seines Verschwindens, und als ich an dem Katarakte stand, sprach ich unwillkürlich zu mir: Mein Schicksal! Du weißt ja, lieber Alter, wie nach den Prüfungen meiner Jugend mein Dasein so klar und tiefgehaltvoll und ruhigglücklich dahinfloß an der Seite von einer, die ihresgleichen nicht hatte unter dem Himmel, bis dieses Glück, dessen ich unstreitig nicht würdig war, jählings abstürzte in ein Grab, in *ihr* Grab, um für immer darin zu verschwinden. Für immer? – Damals, im Himavan, gelangten wir, eine der Terrassen des Gebirges nach der andern herabgestiegen, zu Ende des Tages in ein reizendes Tal, an dessen Eingang eine so kolossale und so bizarr gestaltete Felswand aufstieg, als hätte die Bergregion der Niederung noch einen letzten Beweis von der Mächtigkeit und Seltsamkeit ihrer Bildungen geben wollen. An dem Fuße dieser Felswand brach eine gewaltige Wassermasse aus der Erde hervor und schoß breit und voll das Tal hinab. »Der Kandalu!« riefen, auf den Strom zeigend, meine eingeborenen Führer und Begleiter. Der am Morgen verlorene, wie für immer unter der Erde verschwundene Fluß war am Abend wiedergefunden, war nach langem unterirdischen Laufe wieder unversehens erschienen, mit verstärkter Wassermenge und verstärktem Ungestüm aus seinem Scheingrabe hervorgebrochen.

Wenn mir damals, bei diesem Anblicke, geahnt hätte, daß ein Tag kommen würde, wo ich, des plötzlich wieder mit Macht erstandenen Bergstroms gedenkend, abermals unwillkürlich zu mir sagen müßte: Mein Schicksal! – Manfred hat recht: » *We are the fools of time.*«

Jahre lang, viele Jahre lang hab' ich kaum gewußt, ob ich noch ein Herz in der Brust trüge. Der Strom meiner Gefühle schien ganz verschwunden und versiegt. Er war überschneit, vergletschert. Da fällt der Strahl von einem Paar brauner Mädchenaugen auf die Eiskruste, sie berstet, sie schmilzt, und der Strom bricht wieder zutage mit dem Ungestüm dämonischer Gewalt.

Werther-Graubart, Graubart-Werther, eine sehr komische, eine exzessiv lächerliche Figur, nicht wahr? Lache immerzu, alter Pessimist und Ironiker! Es ist fürwahr lachenswert. Wenn Du aber ausgelacht hast, so sage mir, wenn Du kannst, was ich dafür konnte, daß die Tochter Julies eine Flamme in mir entzündete, die mich verzehren wird.

O, ich Tor, ich siebenfacher Tor, daß ich mein Kapital von Liebe und Leidenschaft nicht beizeiten aufbrauchte, vergeudete, verschleuderte wie die andern! Ich hätte dann nicht erleben müssen, daß es noch so spät, zu spät mir so bittere Zinsen trägt. – Bittere, sag' ich? Aber sind sie denn *nur* bitter? Mischt sich mit der wilden Bitterkeit des »Zu spät!« nicht mitunter wie Himmelstau das süße Gefühl: Dein Herz ist noch frisch und rein und stark genug, den holdesten Traum noch einmal zu träumen?

Du kennst das anmutige Geschöpf, welches die Unbefangenheit des Kindes mit der Grazie des Weibes verbindet. Dora ist keine Schönheit, und doch übt ihre Erscheinung, ihre bloße Gegenwart einen unwiderstehlichen Zauber. Du hast ihn ja auch erfahren. Worin besteht er? Ich vermag es nicht zu sagen; aber ich fühl' ihn, »freudvoll und leidvoll« saug' ich ihn mit allen Poren mir in die Seele.

An Mädchen, schön wie die Tugend, an Frauen, reizend wie die Sünde, bin ich, dessen Blut von Natur doch kein Fischblut, unter allen Himmelsstrichen vorübergegangen, ohne auch nur den Wunsch zu empfinden, einen zweiten Blick auf sie zu werfen. Und nun führt mich der wunderlichste Zufall mitten im Schnee des

Gotthard mit der Tochter *der* Frau zusammen, der ich vorzeiten meine Seele gegeben hätte, falls sie noch mein eigen gewesen wäre, falls sie nicht schon einer gehörte, deren Name und Andenken auf dem Grunde meines Herzens ruht wie Dreimal-Heiliges, an das Irdisches nicht rühren darf, nicht rühren kann.

Wie diese Begegnung auf mich gewirkt hatte und zu wirken fortfuhr, magst Du mir wohl neulich abgemerkt haben, als ich bei Dir war. Ob ich mich gegen das, was ich anfangs Wahnsinn nannte und jetzt nur noch Verhängnis nenne, gesträubt, empört, gewehrt habe? Bis aufs äußerste, aber umsonst. Hast Du schon Gelegenheit gehabt, einen frischgefangenen Vogel in seinem Käfig nach Luft und Freiheit sich abmühen zu sehen? Je heftiger sein Sträuben, sein Aufflattern, sein Anrennen gegen die Umgitterung, desto peinlicher seine Bedrängnis. Und je älter der arme frischgefangene Vogel, desto größer seine Not. Jüngere fügen sich leichter dem übermächtigen Bann und Zwang.

Es ist auf mich gefallen wie ein Wetterstrahl. Nicht leise und mählich, nicht mit dem langsam-stetig der Blüte entgegentreibenden Wachstum einer Pflanze, wie meine erste Liebe gewesen, nicht so ist diese meine letzte geworden. Sie war das Kind des Augenblicks. Der Blitz zuckte auf, und mit Gedankenschnelle folgte ihm der Donnerschlag. Ich bleibe im Bilde, wenn ich hinzufüge, daß ich mal irgendwo gelesen zu haben mich erinnere:

> Auf dem blitzgetroffnen Baume
> Singt ein Vogel wohl noch Lieder,
> Doch er baut kein Nest auf ihm.

Aber unter *diesem* Vogel will ich nicht mich verstanden wissen.

Ja, ihr ganzes Sein und Wesen und Gebaren alle diese Tage her war eine süße, herzbestrickende Frühlingsweise. Freilich, was kümmert es die hoch im Blauen sich wiegende Lerche, wenn ihr Tirilieren in einer Menschenbrust da drunten unnennbare Sehnsucht wachruft?

Oder sollte es die Lerche doch mitunter kümmern?

Tadle mich, schelte mich, nenne mich einen Gecken, einen Narren; aber fürchte nicht, daß ich vergessen könnte, was ich mir selbst und was ich dem geliebten Kinde schuldig bin. Nur etwas Unberechenbares, etwas, dessen Bewältigung über Menschenkraft hinausläge, könnte mich aus der Zurückhaltung, die ich mir auferlegt habe, heraustreiben.

Gestern abend erlebten wir hier oben einen jener Sonnenuntergänge, die man gesehen haben muß, um fühlen zu können, wie feierlich und fromm sie jedes empfängliche Menschenherz stimmen. In vollroter Majestät stieg der Sonnenball am goldgetränkten Westhimmel hinab, und während sein unterer Rand hinter den Jurakuppen zu verschwinden begann, warf er die Flut seines Lichtes den Alpen drüben zu, unterwegs mit göttlicher Verschwendung eine Strahlenfülle niederschüttend, daß die drei Seebecken im Nordwesten im wundersamsten Farbenspiel aufleuchteten und die Riesenschlangenringe, welche der Strom am Fuße unseres Berges durch die Niederung dahinwälzt, heraufblitzten wie lauter sich haschende Silberblicke. Und nun dies Aufglühen all der Kolosse gerade uns gegenüber unter dem Scheidekuß des Tagesgestirns! Dieser majestätisch in die Lüfte emporflammende ungeheure Brandopferaltar vom Montblanc bis hinauf zum Säntis! Und wie ein ins Grenzenlose hingespannter Purpurbaldachin wölbte sich uns zu Häupten das Firmament, und endlich verschwammen Himmel und Erde, Berge und Täler, Luft und Wasser in *ein* Meer von Licht und Glut und Glorie.

Ich habe die Urwälder der Tropen in der Riesenhaftigkeit ihrer Pracht, habe die Gletscher der Anden und des Himalaja, habe die Vulkane der Südseeinseln, die größten Ströme der Erde, den Ozean in der Majestät feiner Ruhe wie in der wilden Erhabenheit seiner Stürme gesehen, aber nie etwas so Herrliches wie den gestrigen Sonnenuntergang.

Du lächelst wohl über den alten Naturschwelger, Du errätst, was für mich das Schönste von allem Schönen dieser Abendstunde gewesen?

Jawohl, es war so, wie Du meinst: sie stand mir zur Seite.

Angefaßt von dem Zauber des Augenblicks hatte sie ihre rechte Hand auf meine linke gelegt, welche auf dem Geländer der Terrasse lag. Ich fühlte den sanften Druck ihrer Finger, und mir erbebte das Herz in der Brust.

Es war ein Widerschein von all dem Glanz um uns her in ihren lieben guten Augen, die sich wie in Wehmut umflorten, als die ganze Pracht unter dem kühlen Windhauch der rasch heraufdämmernden Nacht erlosch. »Ein Traum aus Eden,« sagte sie leise; »aber kurz wie alle Seligkeit!«

Da faßte mich etwas wie wilder Zorn, Zorn über meine Schwäche, meine wahnsinnige Betörung, mein klägliches Gefangensein. Aber statt mir selber zu zürnen, zürnte ich Tor ihr, *ihr*, die ich hätte in meine Arme reißen, der ich hätte zurufen mögen: Mache mir den Traum aus Eden zur seligsten Wirklichkeit! »Fräulein Dora,« stieß ich rauh heraus, »Sie brauchen sich über, das Ende der Sonnenuntergangsherrlichkeit nicht zu betrüben. Erinnern Sie sich doch gefälligst jener bekannten Heineschen Strophen vom Fräulein am Meere, das den Sonnenuntergang beseufzte. Auch einem Fräulein auf dem Berge kann man so tröstend sagen:

> Dort hinten ging sie unter,
> Dort vorne kehrt sie zurück.

Sie zog hastig ihre Hand von der meinen zurück und sah mich mit Staunen und Schrecken an. Auf ihren Lippen zitterte eine Frage, aber sie sprach dieselbe nicht aus. Ich aber biß die Zähne aufeinander, wandte mich rasch ab und ging die Terrasse hinauf. Nicht weit, denn ich mußte nach ihr umschauen, ich mußte. Da sah ich den Lara, welcher doch sonst von keinem Menschen wissen will außer von mir und welcher mir gefolgt war, umkehren, rasch zu ihr zurücktrotten und ihr, die wie erstarrt stehen geblieben war, die schlaff an der Seite herabhängende Hand lecken. Die Bestie, die treulose Bestie von Hund! Auch er steht in ihrem Zauber und Bann wie alle und alles hier oben.

Ich irrte bis tief in die Nacht hinein auf dem Berge herum. Ich wollte vermeiden, neben ihr am Abendtische zu sitzen. Ach, wie anmutig sie es zu bewirken gewußt hatte, daß ich ihr nächster Tischnachbar geworden. Es herrscht hier der Brauch, daß die Kurgäste streng nach der Reihenfolge ihrer Ankunft bei Tische sitzen. Man fängt unten an der Tafel an und ißt sich, sozusagen, allmählich aufwärts. Am Tage meiner Ankunft saß ich von Rechts wegen ganz unten, ziemlich weit von Dora und der höchst liebenswürdigen

Familie Bazzini entfernt. Aber am folgenden Morgen sah ich während des Frühstücks Dora bei den Gästen herumgehen, als ob sie jeden und jede um irgend etwas bäte, und mittags sagte mir dann unser Wirt, es sei für mich neben Fräulein Bürger gedeckt. Sie hatte die über mir Sitzenden gebeten, sich meine rasche Hinaufbeförderung freundlich gefallen zu lassen, und wer hätte es ihr verweigern können?

Als ich gestern abend spät endlich zum Hause zurückkehrte, hatte die Gesellschaft sich bereits zerstreut und in die Schlafzimmer zurückgezogen. Auf der Terrasse war es dunkel. Als ich sie entlang schritt, vernahm ich in der noch erleuchteten Vorhalle zum Speisesaal, deren Türe offen stand, Doras Stimme, welche mit unverkennbarer Besorgnis fragte: »Wissen Sie nicht, Herr Wirt, ist der Herr General noch immer nicht heimgekommen?«

Sie war also noch nicht zur Ruhe gegangen? Meine Abwesenheit vom Abendtische, mein langes Fortbleiben hatte sie besorgt, ängstlich gemacht? Mußte ich nun nicht eilends hineingehen, um das geliebte Kind zu beruhigen?

Der Zauber war wieder da, der Bann hatte mich wieder.

Aber ich will den Zauber lösen und den Bann brechen, ich will, ich muß! Um *ihrer* willen, um *ihrer* willen! November und Mai, wie paßten die zusammen?

Du aber, alter Freundschaft halber, beklage mich!

7. Der Propst an den General.

Rothenfluh, 29. Juni.

..... Schweigen läßt sich nun einmal über die Sache nicht mehr. Es ist zwischen Tante Hildegard, Tante Marget, Gertrud und mir schon so viel darüber geredet worden, daß man sich, um ein dermalen gang und gäbes Modewort zu gebrauchen, den Standpunkt klarmachen muß.

Die drei Frauenzimmer – ich konstatiere diese denkwürdige Tatsache – sind durchaus einerlei Meinung, und zwar einer möglichst optimistischen Meinung. »Wenn über den Lebensabend meines teuren Bruders noch ein Morgenrot von Glück aufgehen will, wa-

rum sollte er es nicht dankbar hinnehmen?« fragt Tante Hildegard.
Tante Marget und Gertrud sagen und fragen gerade so, nur setzt
die erste an die Stelle des »teuren Bruders« den hochverehrten
Freund und die zweite den geliebten Vater. Deine Tochter fügt
wohl auch noch hinzu: »Was ich Gutes und Liebes ersinnen könnte,
würde ich für die Trösterin und Beglückerin meines Vaters tun.«
Gertruds Mann ist der Überzeugung, auch der bloße Schein einer
Einmischung von unserer Seite müßte als höchst anmaßlich und
unpassend vermieden werden.

Vielleicht hat er recht. Allein ich mache von dem Vorrecht einer
Freundschaft Gebrauch, welche von unseren Knabenjahren an, wie
Du weißt, nie auch nur für eine Stunde getrübt worden, wenn ich
Dir folgendes zu bedenken gebe.

Meine Ansicht über das in Frage stehende Problem ist nämlich
keine so optimistische wie die meiner drei Freundinnen. Ich würde,
gerade herausgesagt, eine Verbindung zwischen Dir und der Tochter Julies für ein höchst gewagtes Experiment ansehen. Dasselbe
könnte gelingen, vollständig gelingen – ich gebe es zu – aber das
Mißlingen ist doch wahrscheinlicher. Nicht aus physiologischen,
aber aus psychologischen Gründen, obzwar die Philosophie unserer
Tage der Psyche und damit auch der Psychologie die Existenzbe-
rechtigung aberkannt hat. Jede Zeit will und muß eben, wie unser
guter Professor zu sagen pflegt, ihre Art von Narrheit haben und
austoben, und so wollen wir den Herren von der absoluten Materie
die kindliche Freude an der ihrigen nicht vergällen. Aber die Sache
von meinem altfränkischen Standpunkt aus angesehen, muß ich Dir
sagen: Du bist kein ganzer Mann mehr; denn Du hast nur noch eine
halbe Seele. Wo die eine Hälfte Deiner Seele ist, weißt Du: hier in
Rothenfluh, auf unserem Friedhof, in dem Grabe von einer, *die nicht
vergessen werden kann.* Wolltest Du, dürftest Du dem holdseligen
jungen Wesen, welches allem nach, was ich von ihm hörte und höre,
ein ganzes Glück verdient, wolltest Du, dürftest Du ihm nebst Deinem Graubart eine halbe Seele geben? Nein!

O, ich vermag Dein Weh nachzufühlen und Deine Lage zu verstehen, glaube mir; aber ich habe ja mit Dir und von Dir gelernt, daß
der kategorische Imperativ der Pflicht unter allen Umständen Ge-

horsam heischt, und ich gehorche ihm, indem ich Dich warne, bevor es zu spät.

Mein zweiter Einwand ist dieser: Gesetzt, Doras Herz sei erwacht, für Dich erwacht, wird es auch für Dich wach bleiben? Ein so junges Mädchen voll pulsierenden Lebens vermag noch nicht für sich selbst gutzustehen und – jung und jung gesellt sich gern. Du hast zweifelsohne auf das Kind einen bedeutenden Eindruck gemacht, aber wird er vorhalten? Die Romantik Eures ersten Zusammentreffens war ganz geeignet, Doras reiche und lebhafte Phantasie angenehm anzuregen, und sie ist ja in dem glücklichen Alter, wo

Was Phantasie entwirft, das Herz verspricht –

aber kannst Du leugnen, daß ein Tag kommen könnte, vielleicht bald kommen könnte, wo Dora fände, Phantasiespiel und Lebenswirklichkeit seien doch zweierlei, sehr zweierlei?

Endlich mag noch etwas mit im Spiele sein, was ich sehr begreiflich und verzeihlich, aber schlecht geeignet finde, das Fundament einer glücklichen Ehe mitlegen zu helfen: mädchenhafte Eitelkeit. Du machst Dir freilich, wie mir wohl bewußt, nicht viel oder gar nichts aus Deiner »Berühmtheit«; aber Du bist nun einmal ein »berühmter Mann«. Von einem solchen ausgezeichnet zu werden, behagt den Frauen: das ist ganz natürlich. Und vollends einem vom edelsten Enthusiasmus vollen Mädchengemüt! Zudem hat Dora die beiden Personen, welche sie bislang auf Erden am höchsten geehrt und am innigsten geliebt hatte, von Dir immer nur reden gehört wie, sozusagen, von einem Wesen höherer Art. Für Tante Marget warst und bist Du ja geradezu ein wahrer Abgott. Aus alledem konnte sich, ich möchte sagen, mußte sich in der hochgestimmten Seele des Mädchens der schmeichelnde Jugendtraum zusammenweben, es müßte schön sein, Dich glücklich zu machen oder, wie sich unsere Hildegard poetisch ausdrückte, über Deinem Lebensabend das Morgenrot ihrer Liebe zu wölben. Aber Morgenrot verbürgt bekanntlich keinen schönen Abend, sondern das Gegenteil.

Ziehe aus allen meinen Prämissen Deine Konklusion. Du kannst über die Kluft des Altersunterschieds hinwegspringen; Du hast die Kraft dazu, ich weiß es. Aber die Kluft bleibt doch! In Deinen jungen Jahren hast Du eine ebenfalls plötzlich aufgeflammte Leidenschaft für Doras Mutter siegreich niedergerungen, weil Deine Vernunft Dir sagte, daß die Hingabe an diese Leidenschaft vom Übel wäre. Solltest Du nun jetzt in Deinen alten Tagen und nach alledem, was Du erlebt, erstrebt und erlitten, weniger Einsicht, weniger Selbstbeherrschung besitzen als damals? Ich kann es nicht glauben. Allerdings gegen Julies Liebreiz waffnete, feite Dich das Bild Isoldes. Aber ist denn diese Dir gänzlich gestorben, weil sie nicht mehr auf Erden wandelt? Es kann nicht sein! Blick in Dein Herz; ich bin gewiß, Du wirst sie dort wiederfinden, sie, die Dich sieben Jahre lang zum glücklichsten der Menschen gemacht hat. Sieben Jahre! Das ist viel, sehr viel, so viel, daß es mir wie eine frevelhafte Anmaßung erscheinen will, mehr von den Göttern zu verlangen.

8. Der Professor an Dora.

Z., 30. Juni.

Nur nicht mit dem Kopf durch die Wand, mein liebes Kind! Man kommt ja doch nicht durch, maßen die Wände – sie wären denn von Papier – stärker sind als die Köpfe. Es wäre doch schade für Deinen, wie ich gestehen muß, allerliebsten Kopf, wenn er bei dieser Gelegenheit in die Brüche ginge. Also sachte, Kind, sachte, und respektiere mir, wenn ich Dich um Deiner selbst willen bitten darf, gehörig die Wand, die aus dreißig, und etlichen Quadern, das heißt Jahren, aufgemauerte Wand, welche Dich von meinem Freunde trennt. Sieh Dir doch seinen grauen Bart mal genauer an! Das könnte für Dich ein *remedium amoris* abgeben, wie der alte Ovidius sagen würde. (Laß Dir den Ausdruck durch den jungen hübschen Herrn Schnäbeli – kommt vom schnäbeln her, ein bedeutungsvoller Name, beim Zeus! – ja, durch den Besitzer dieses zärtlichen Namens erklären; der Inhalt seines Schulsacks wird, hoff' ich, zu dieser Exegese wohl noch ausreichen.) .... Freilich, ich muß sagen – der Henker weiß, wie es kommt – daß ich mir recht lebhaft vorstellen kann, wie überaus angenehm es für den Besitzer des besagten Graubarts sein muß, wenn ihm ein gewisses achtzehnjähriges – genau gesprochen, achtzehn Jahre und zwei Monate altes – Kind welches ich nicht näher signalisieren will, so anmutig, wie es ohne Zweifel tut, darumgeht. So eine Darumgängerin nämlich – doch genug, ich verschlucke die kolossale Dummheit, welche ich sagen wollte, und beweise Dir damit, daß man in der Tat Kamele verschlucken kann, wie es im Sprichwort heißt. Nur das mußt Du wissen, daß ich, nachdem ich gestern Deine und meines alten Freundes letzte Briefe nochmals gelesen hatte, in eine ganz erschreckliche Philippika *seu* Katilinaria gegen den General ausbrach. Damit kam ich aber bei meiner lieben Frau übel an, sehr übel; denn »Ach, ach,« sagte sie, »schweige doch! Wärest du an der Stelle deines Freundes, würde es dir wohl auch ergehen wie ihm.« – »Beim Styx,« erwiderte ich kleinlaut, ungeheuer kleinlaut, kleinlaut wie ein richtiger Nationalliberaler gegenüber dem Bismarck, »beim Styx, ich glaub' es fast auch.«

Das »dumme Verliebtsein«, jawohl! In Wahrheit, es ist sehr dumm, dumm wie ein Dogma, dieses »Glück ohne Ruh'«, und aber doch ein Glück und noch dazu das höchste, vorausgesetzt, daß die Unruhe eine geteilte sei, eine mitgefühlte, mitgetragene. Merkwürdig zu sagen, aus den zwei Unruhen wird dann doch eine Art Ruhe. Es geht da wie in der lateinischen Grammatik: » *Duplex negatio est affirmatio*« – (ich verweise Dich wiederum an den Schulsack des schönen und schönstimmigen Herrn Schnäbeli). Freilich pflegt es mit dieser Ruhe bald wieder zu Ende zu sein. Was Dich betrifft, liebes Kind, so befindest Du Dich augenscheinlich im Stadium der höchsten Unruhe, geradezu der Zappeligkeit. Ich glaube zu hören, wie Dir das junge Herz in der Brust herumflattert, verwirrt, ängstlich, superlativisch »freudvoll und leidvoll«. Doch nein, nicht »leidvoll«. Du schreibst mir ja, das Leben lachte Dich an wie kaum jemals zuvor.

Natürlich! Es ist so hübsch, so angenehm, so interessant, so unterhaltend, mit dem Feuer zu spielen, gelt? So eine achtzehnjährige Spielerin denkt: »Wie das glüht und lodert, allerliebst! In die Länge freilich – bah! Aber hab' ich es satt, dreh' ich mich auf dem Absatz herum, schlage die Hände zusammen und rufe: Basta, ein ander Spiel, ein ander Spielzeug!« Das ist die Philosophie der Liebe eines achtzehnjährigen Mädchenherzens, und ich will Dir ganz offen sagen, *Dora carissima*, es würde mich ungeheuer freuen, wenn das auch *Deine* Philosophie der Liebe wäre. Es würde weitaus das Gescheiteste sein. Gerade deshalb aber zweifle ich, ob es so sein werde; denn bekanntlich pflegt nicht das Gescheiteste, sondern das Dümmste zu geschehen, da wir alle ja in dieses lumpige Erdendasein nur hereingeboren werden, um mehr oder weniger viele dumme, dümmere und dummste Streiche zu machen. Aber nimm Dich in acht, Kind, nimm Dich in acht! Das Spiel könnte gefährlicher Ernst werden. Dein Flackerfeuer könnte ein Steinkohlenfeuer entzünden oder schon entzündet haben – Du weißt schon, in wessen Seele – und so eine intensive Glut löscht man nicht im Handumdrehen. Stelle Dir einmal, und wär' es nur für eine Stunde lang, recht ernsthaft vor, Du stündest vor der Entscheidung Deines Schicksals, dann prüfe aufrichtig und streng Dein Herz! Du mußt Dir klar werden, und zwar rasch und ganz klar werden, ob Du es mit einer bloßen Fata Morgana Deiner Phantasie oder aber mit einer schicksalsmächtigen Tatsache Deines Seelenlebens zu tun hast, mit einer bloßen Laune oder aber mit einer Leidenschaft. Ich glaube einstweilen nur an jene.

Im übrigen teile ich Dir noch mit, daß ich mich, natürlich rein nur aus Kuriosität, nach dem hübschen jungen Herrn Schnäbeli hier herum genau erkundigt und nur Gutes und Löbliches von ihm gehört habe. Und er hat so große Augen und so weiße Hände, und er singt so schön! Mache die Nutzanwendung von alledem, liebes Kind!

9. Dora an den Professor.

Auf dem Schwarzenstein, 2. Juli.

Sie böser, lieber, garstiger Papa, Sie! Was haben Sie mir für einen Hudelbrief geschrieben! Sie schwanken darin zwischen dem Anreiz, sich über mich lustig zu machen, und der Absicht, mich auszuschelten wie ein unartiges Kind. Aber das Kind ist achtzehn Jahre, zwei Monate und zwei Tage alt und zudem, wie ich glaube, gar nicht unartig. Hätte ich nicht in den Zeilen Ihres Schreibens oder vielmehr zwischen denselben trotz alledem eine recht väterlich zärtliche Teilnahme und Besorgnis für mich gelesen, so würde ich alles Ernstes – da Sie mich ja doch recht ernsthaft haben wollen – den Versuch machen, Ihnen böse zu sein.

»Flackerfeuer?« Warum sagten Sie nicht geradezu Strohfeuer? Gemeint haben Sie das doch! Wenn es nun aber keins wäre, wie dann? Ihr gelehrten Häuser – dies Wort habe ich aus dem Schulsack des »schönen« jungen Herrn Schnäbeli, welcher, der Schulsack nämlich, ganz ordentlich gefüllt zu sein scheint – wißt eben auch nicht alles. So zum Beispiel nicht, daß es mit Eurer Logik, auf die Ihr Euch doch gewaltig viel zugute tut, mitunter sehr schlecht bestellt ist. Wie könnten Sie mich sonst wiederholt und mit Betonung ein »Kind« nennen und in einem und demselben Atem dem Kinde das »spielen« verargen? Was soll ein Kind denn anders tun als spielen? Mir scheint auch, Sie hätten bei dieser Gelegenheit an das so naheliegende Zitat denken können:

Tiefer Ernst liegt oft im kind'schen Spiele.

Das ist's ja! Ach, mein lieber guter Freund, ich versuche zu scherzen, und doch ist mir ganz und gar nicht scherzhaft zumute. Ganz und gar nicht! Könnten Sie nur in mein allerdings »ängstlich« mir in der Brust »flatterndes« Herz blicken, Sie würden dann nicht zweifelhaft sein, ob das arme dumme Ding von einer »Laune« oder aber von einer »Leidenschaft« erfüllt und getrieben sei. Zweifeln Sie nicht, schon hundertmal hab' ich mir die Frage vorgelegt: Was soll daraus werden? und habe nach einer Antwort gesucht, sehr »ernsthaft« fürwahr. Umsonst! Mit meiner Sorglosigkeit und Heiterkeit ist es in den letzten Tagen auch nicht mehr sehr glänzend bestellt gewesen. Das »leidvoll«, das »leidvoll« ist da.

Wissen Sie, warum? Ich muß es Ihnen sagen: Ihr Freund, Laras Herr, ist wie verwandelt. Er war anfangs, als wir uns hier oben getroffen hatten und ich darüber so glücklich mich fühlte, so gut und lieb mit mir, o, so gut und lieb! Sie können sich gar nicht vorstellen, wie. Und jetzt? Seit vielen Tagen meidet er mich geradezu, und wenn ich ihn aufsuche und er mir nicht ausweichen kann, ist er auch mir gegenüber, was er allen hier oben gegenüber ist, das heißt, der kühl, ja schroff sich zurückhaltende General. Doch ich sagte mit Unrecht: allen hier oben gegenüber. Meine gute Imelda macht eine Ausnahme. Mit ihr spricht er gern und sanft, voll Güte, und ihr erweist er alle die Rücksichten und Dienste, wie sie so ein Bergleben mit sich bringt. Wäre mir Imelda nicht so teuer, wie sie mir ist, ich könnte jetzt erfahren, was Eifersucht ist. Pfui, es ist ein häßliches Wort und eine häßliche Sache, die Zwillingsschwester vom Neid, dem schlechten Kerl. Gut, daß wenigstens der Lara nicht aufgehört hat, mir gut zu sein. Der ist jetzt mein Trost; aber, ach, nur ein Hundetrost, wenn so ein Wort gestattet ist. Ich schreibe wohl törichtes

Zeug durcheinander, nicht wahr? Und leider kann ich nicht mehr hinzufügen » *Never mind!*« Die übermütige Gleichgültigkeitsformel ist mir jetzt ganz abhanden gekommen. Seit etlichen Tagen ist in meiner Seele eine drückende Schwüle, als hinge ein Gewitter über ihr, und mir ist, als müßten Blitz und Donner mir willkommen sein, als müßte ich sie selber herbeirufen, sie herausfordern. So wie jetzt kann es nicht fortgehen, will ich nicht fortleben: die Pein ist zu groß.

Addio, mein guter Papa, und seien Sie gut und nachsichtig gegen Ihre Dora, welche doch vielleicht mehr von Treue weiß, als Sie ihr zutrauen.

10. Der General an den Propst.

Auf dem Schwarzenstein, 3. Juli.

Du hast recht, lieber Alter, und der Professor hat recht. Ja, Ihr beide habt vollständig recht. Ihr seid klug und weise und meint es gut. Schade nur, daß es etwas Mächtigeres gibt zwischen Himmel und Erde als alle Eure Klugheit, Eure Weisheit und Eure Wohlmeinenheit.

Eure Argumente sind so unbestreitbar, daß ich sie samt und sonders in Gedanken unterschrieb. Beruhigt Euch also, Ihr habt Eure Pflicht und Schuldigkeit redlich getan. Ihr seid getreue Eckarte gewesen und könnt Eure Hände in Unschuld waschen, wenn der törichte Tannhäuser nicht nur Vergangenheit und Zukunft, sondern auch seinen grauen Bart vergaß. Vorzeiten freilich da hat mich mal einer, der vierte in unserem Bunde, mit Erfolg vor der Tannhäuserei gewarnt. Aber das ist lange her, und ich bin jetzt nicht mehr so stark, wie ich damals war, als ich eine Versuchung besiegte, deren Besiegung doch wohl auch fast übermenschliche Kraft und Selbstbeherrschung erforderte.

Das Unberechenbare ist über mich gekommen und hat mich niedergeworfen und hat mich wieder emporgehoben mit göttlicher Gewalt.

Höre mich an! Ich will Dir beichten, Du bist ja ein Priester.

Ich hatte alles getan, alles, um Dora von mir zu entfernen. Ich war kalt, abweisend, sogar rauh gegen sie gewesen, hatte sie gemieden und hatte sie absichtlich sehen lassen, daß ich sie meiden wollte und wie ich sie geflissentlich mied. Wie ich es trug, als ich bemerken mußte, daß mein Gebaren sie unruhig, ängstlich, bekümmert und traurig machte, tut nichts zur Sache. Genug, ich hab' es getragen. Ich tat aber noch mehr. Ich ließ es mir angelegen sein, überall, wo ich konnte, den guten hübschen Jungen, den Herrn Schnäbeli, welcher, wie ich glaube, aufrichtig und ehrlich in das Mädchen sich verliebt hat, aufzumuntern, und ich sagte ihm auch nur die Wahrheit, wenn ich ihm meine Überzeugung mitteilte, daß er dem wundersamen Kinde keineswegs zuwider und unangenehm sei. Ich war ganz eifrig in dieser, wenn ich so sagen soll, Kuppelei. Hatte ich mich doch zu überreden gesucht und wohl auch gewußt, die Tochter Julies würde mit diesem jungen Manne glücklich sein, was man so nennt.

Wie reut mich zur Stunde all mein vergebliches Ringen und Dulden! Was sein muß, geschieht doch! Des Menschen Wille ist nur die arme Fliege, die sich, traurig und lächerlich zugleich anzusehen, erfolglos abzappelt in dem ungeheuren Schicksalsspinnennetz.

Die garstige Spinne! Aber sie will eben auch leben, weißt Du? Sie kämpft vielleicht auch *ihren* »Kampf ums Dasein« so müh- und schmerzvoll wie wir. Was wissen wir denn davon?

Hier oben ist im Wald eine Lichtung, die man den Naturpark nennt. Sie sieht auch wirklich so aus. Inmitten der Fichten und Föhren ein Rasenrund, da und dort malerisch mit Busch- und Baumwerk bestanden. In der Mitte dieses von der Natur angelegten *»pleasure ground«* stehen eine Fichte und eine Erle mit ineinander verschlungenen Ästen und Zweigen. Darunter sind Bänke angebracht. Denn hierher kommen an warmen Abenden häufig die Kurgäste, oft die ganze Schar derselben, und die jungen Leute tummeln sich dann in allerhand Spielen auf dem Rasen, während die älteren plaudernd unter der Baumgruppe sitzen.

Ich wollte heute nicht mitkommen, als die Gesellschaft vom Kurhause aufbrach. Da bat mich die Signorina Imelda, welche ihren ersten größeren Spaziergang versuchte, sie begleiten zu wollen. Dora, zu der ich außer einem »Guten Morgen!« den ganzen Tag über kein Wort gesprochen hatte, ließ es sich gefallen, daß Herr Schnäbeli ihr zur Seite ging und ihr nach allen Regeln des Komplimentierbuches den Hof machte. Doch war sie einsilbig und ihre

Stirne, früher so frei und von Frohsinn strahlend, war bewölkt. Imelda und ich gingen zuletzt im Zuge, der sich weit über die Matten hindehnte, dann in eine Mulde hinabstieg und aus dieser den steilen Pfad hinanklomm, welcher zu dem Waldplateau führt, worauf der Naturpark gelegen ist. Die brustkranke Imelda hatte mir von der ersten Stunde meines Aufenthalts hier oben an große Teilnahme abgewonnen. Sie muß Tieftrauriges erfahren haben und trägt ihr Leid mit würdiger Fassung. Bald gewann ich sie recht lieb, weil ich wahrnahm, daß sie ihrer jungen Freundin mit höchster Innigkeit zugetan ist. Auf dem Wege sagte sie zu mir: »Sie tun meiner armen Dora sehr weh. Warum sind Sie so hart gegen das Kind?«– »Weil ich das Kind von mir fernhalten will.« – »Ich glaube Sie zu verstehen. Aber werden Sie für die Länge die Kraft zu solchem Fernhalten haben?« – »Ich weiß es nicht.« – »Und ich bezweifle es. Wäre es um Ihrer, um Doras willen nicht besser, Sie verließen diesen Ort?« – »Sie haben recht. Ich will fort; womöglich morgen schon.« – »Ich fühle, was dieser Entschluß Sie kostet. Aber entweder muß derselbe ausgeführt werden oder–« – »Oder?« – »Oder Sie müssen dieses mühselig hergestellte Eis der Zurückhaltung und Härte brechen. Dora leidet sehr.« – »Und leide ich etwa weniger?« – »Nein. Ich weiß, auch Sie –« Hier wurden wir durch Dora unterbrochen, welche, schon halb den steilen Waldweg hinaufgestiegen, zurückkam, um die Freundin beim Emporsteigen unterstützen zu helfen. »Es ist überflüssig,« sagte Imelda zu ihr; »der Arm des Herrn Generals reicht vollständig aus.« Ich vermied, Dora anzusehen, mit bitterer Selbstbezwingung vermied ich es. Sie ging schweigend hinter uns her.

Als die Gesellschaft droben sich zusammengefunden und mannigfaltig gruppiert hatte, suchte Imelda, die mir zur Seite saß, das vorhin abgebrochene Gespräch wieder aufzunehmen. Sie war offenbar um ihre Freundin höchlich besorgt. Aber sie konnte nicht zum Reden kommen, denn die jungen Leute hatten ihre Spiele begonnen, und bald widerhallte die ganze Lichtung von fröhlichem Rufen und Lachen. Man hörte sein eigen Wort nicht mehr. Dora, wie plötzlich verwandelt, gab sich als das mutwilligste der jungen Mädchen. Sie tollte förmlich, haschte und ließ sich haschen, und zwar, wie mir schien, gar nicht ungern von dem schönen Herrn Schnäbeli. Ich mußte hinsehen, obgleich ich mich zwingen wollte, es nicht zu tun. Da begegnete ihr Auge dem meinigen und, abermals plötzlich verwandelt, trat sie aus dem lärmenden Kreise, setzte sich an Imeldas Seite und blickte still vor sich hin. So blieb sie, alle Aufforderungen, weiter mitzuspielen, nur mit einem stummen Kopfschütteln ablehnend, bis die ganze Gesellschaft zur Heimkehr sich anschickte. Mir war so traurig zumute, daß ich die beiden Mädchen aufstehen und den Weggehenden sich anschließen ließ, ohne Imelda meine Begleitung anzubieten. Ich blieb wie gebannt unter der Fichte und Erle sitzen. Paar um Paar verloren sich die Heimkehrenden in den Windungen des schmalen Waldpfades, und mählich verklangen die Schritte und Stimmen. Dora und Imelda hatten den Zug beschlossen. Jene hatte, bevor sie mit ihrer Freundin hinter dem Buschwerk verschwand, noch einmal nach mir umgeblickt, und ich hatte es nicht über mich gebracht, nein, ich hatte es nicht über mich zu bringen vermocht, diesen Augengruß nicht zu erwidern.

Die Dämmerung senkte sich auf den Wald. Der Mond mußte über das Hochgebirge im Osten herauf sein, denn ein blasses Leuchten glomm über die Baumgipfel weg und am Himmelsgewölbe empor. Leisatmende Stille allum, jenes süße Schweigen der Sommernacht, in welchem die Nachtigall Erinnerung im Menschenherzen zu schlagen liebt: Nach und nach kam die Naturstille auch über mich. Ich gedachte fernab gelegener Zeiten, vergangener Freuden und Leiden, und endlich blieb mein Gedenken haften an dem Bilde meiner geliebten Mutter. Frischlebendig stand sie mir vor der Seele, wie sie gewesen in meinen Knabenjahren, damals an jenem Abend, als sie uns Kindern eine ihrer Goetheschen Lieblingsweisen sang: »Über allen Gipfeln ist Ruh'.« Die Melodie wurde so wach in mir, daß ich halb singend die Schlußworte vor mich hinsprach: »Warte nur, warte nur, balde ruhst du auch!«

Dann stützte ich meine Arme auf meine Knie, barg mein Gesicht in meine Hände und murmelte wieder und wieder das tröstliche: »Balde! Balde!«

Da, horch, ein leises Rauschen vom Waldwege her. Was mochte es sein? Was ging es mich an? Und doch mußte ich gespannt hinhorchen, und laut pochte mir das Herz in der Brust. Torheit! schalt ich meine Ahnung, aber sie rief, sie jubelte in mir: »Dora kommt zurück! Dora kommt zu dir!« Das Rauschen näherte sich, meine

Seele war in meinen Ohren: ich erkannte den Tritt des heißgeliebten Mädchens. Jetzt schimmerte ihr helles Kleid hinter dem Blätterwerk des den Pfad säumenden Gebüsches auf. Dann trat sie auf die Lichtung heraus und kam langsam, aber festen Schrittes, wie von einem unbeugsamen Gedanken getrieben und geführt, auf mich zu.

Mit einer letzten gewaltsamen Anstrengung meiner Selbstbeherrschung zwang ich mich, meine Stellung beizubehalten und der Herankommenden mit geheuchelter Ruhe entgegenzublicken.

Jetzt stand sie dicht vor mir. Sie sah mich an in holdestem Bangen, in zitternder Verschämtheit, und doch arbeitete in ihren Zügen zugleich etwas wie übermenschliche, überweibliche Entschlossenheit.

Eine Purpurflamme überloderte ihr Antlitz, als ich zu ihr aufsah. Dann wurde es todblaß, und die Lippen bebten ihr. Aber das Göttliche war mächtig in ihr und hielt und stützte sie.

Sie legte mir die Hände auf die Schultern und sagte leise, aber deutlich und bestimmt: »Meine Mutter hat Sie geliebt, in ihrer Todesstunde noch, und ich – ich liebe Sie!« »Mich? Einen Großvater?«

»Dich!«

Da sprang ich auf – nicht Himmel, nicht Hölle hätten mich länger zurückzuhalten vermocht – und schlang meine Arme um sie und stand, von den ihrigen umfaßt, wie in einer Wolke von Licht und Feuer.

III. Katastrophe.

1. Dora an Tante Marget.

Auf dem Schwarzenstein, 4. Juli.

Tante, Herzenstante, ich hab' es ihm gesagt! Ich mußte es ihm sagen! Es hätte mir ja sonst das Herz abgedrückt. Mein eigen Weh hätte ich vielleicht noch länger schweigend getragen, aber *sein* Leid konnt' ich nicht mehr mitansehen, nachdem ich es gestern mit einmal klar erkannt hatte. Ich mußte zu ihm, es zog mich unaufhaltsam; ich mußte zu ihm sprechen, wie ich tat. Du wirst mich nicht tadeln, Du nicht! Aber ob die ganze Welt, ja, auch Dich, auch Dich inbegriffen, mich tadelte und schelte – ich frohlockte doch über mich und über das, was ich gestern abend getan. Denn ich bin jetzt grenzenlos glücklich, und wenn morgen der Himmel über mir einstürzte, ich könnte sagen: Ich habe gelebt! Ja, Tante, Schwester meiner Mutter, nun weiß ich, was leben ist und heißt. Seit gestern weiß ich es, seit der Stunde, wo ich, nachdem ich ihm gesagt, was ich mußte, mein brennend Antlitz an seiner Brust barg und er mich heimgeleitete durch die himmlich-stille Nacht und auf meine nimmersatte Frage, ob ich ihm denn recht von Herzen lieb sei, mit erhobenem Arme zur Antwort gab: »Sieh die Sterne da droben! Ich würde sie, so ich es vermöchte, vom Firmamente reißen, um daraus den Staub deines Weges zu machen, unbekümmert, ob ich dadurch den Weltbau in Trümmer risse. *So* lieb' ich dich!«

2. Imelda an Tante Marget.

Auf dem Schwarzenstein, 5. Juli.

... Sie haben sich also doch gefunden, die »süße, die sehnende Not« hat sie doch zueinander gezwungen. Ich hätte es hindern mögen; ich wollte, daß ich es gekonnt. Denn die Stimme geheimer Besorgnis will nicht schweigen in mir.

Freilich, wenn man diese beiden Menschen mitsammen verkehren sieht, begreift man, daß sie sich finden mußten. Ihr Gebaren ist nicht das von Verliebten, wohl aber das von Liebenden, welche gewiß sind, einander in tiefster Seele zu haben und zu halten. Ich habe auch die Bemerkung gemacht, daß, wenn sie beisammen sind, der große Altersunterschied zwischen ihnen ganz verschwindet oder wenigstens alles Auffällige verliert. Es mag dies seine Erklärung finden in der vollen Harmonie ihrer Anschauungen, Gefühle und Stimmungen und daß diese Harmonie sie auch äußerlich mit einem gleichmäßigen und ausgleichenden Nimbus von Glück umgibt.

Soweit ist alles gut. Könnte ich nur den Zweifel los werden, ob dem General, wenigstens mitunter, die ganze Situation nicht wie ein bloßer Traum, wie eine plötzlich gekommene und rasch wieder schwindende Phantasmagorie vorkommen mag. Ich erhaschte ja schon mehrmals den Schatten einer Wolke, welche über seine Stirne flog. Allerdings flog, rasch vorüberflog, aber doch sich bemerkbar machte. Auch hab' ich heute, gerade vorhin, sein Auge momentan unsäglich traurig blicken gesehen.

Es ist ein Regentag, und wir sitzen seit dem Morgen mitten in grauen kalten Wolken. Da dehnen sich denn hier oben die Stunden bleiern. Uns wurden sie jedoch gegen Abend zu beschwingt. Denn wir, das heißt Papa, Mama, Dora und ich, hatten uns in dem Zimmer des Generals versammelt, und er erzählte uns, auf Doras Bitte, von seinen Reisen. Wie das Kind an seinen Lippen hing! Wir anderen übrigens auch. Denn er erzählt gut, ganz anspruchslos und ohne alle Phrase. Was aber seine Rede so anziehend macht, ist das Gefühl, daß jede Silbe, die er sagt, wahr sei, daß jedes Wort, welches er vorbringt, aus einer Seele ohne Arg und Falsch komme. Papa, welcher doch, wie Sie wissen, das ist, was so ziemlich alle gebildeten Italiener sind, nämlich ein Skeptiker durch und durch, hat gestern geäußert, es sei ihm noch kein Mann vorgekommen, welcher ihm so ganz den Eindruck der Wahrhaftigkeit gemacht habe wie der General. Derselbe hatte, um dies und das in seinen Schilderungen zu illustrieren, einen kleinen Koffer hervorgeholt, in welchem sich allerhand Andenken und Merkwürdigkeiten, die er auf seinen weiten Wanderfahrten gesammelt hatte, beisammen fanden: getrocknete Pflanzen, Mineralien, Schmucksachen, Geräte, Waffen. Mama, Dora und ich kramten neugierig darin herum, als der Besitzer dieser Herrlichkeiten seine Erzählung beendigt hatte. Doras Blicke wurden durch einen Dolch mit geflammter Klinge und prachtvoll orientalisch-phantastisch ziseliertem Goldgriff angezogen. Sie nahm die Waffe in die Hand, prüfte spielend mit Daumen und Zeigefinger der Linken die scharfe Spitze und Schneide und fragte: »Was ist das?« – »Ein malaiischer Kris. Ich erhielt ihn als Gastgeschenk von einem Häuptling auf Sumatra, welchem einen für ihn wichtigen Dienst zu leisten ich Gelegenheit gehabt hatte. Aber nimm dich in acht, Kind, es ist ein schneidig Ding.« Dora, welche aufgestanden war, schwang in einem Anfall von mutwilliger Laune den Kris über ihrem Haupte hin und her. Dann, mit einem jener plötzlichen Übergänge der Stimmung, die bei ihr vorkommen, betrachtete sie nachdenklich die Waffe und sagte: »Wie eigen ist doch der Gedanke, daß ein einziger Stoß mit so einem schneidigen Ding hinreicht, ein Menschenherz von aller Lust und allem Leid zu ledigen.« Der General nahm ihr sanft den Dolch aus der Hand mit den Worten: »Das ist kein Spielzeug für Mädchenhände, und auch mit so düsteren Gedanken soll die Jugend nicht spielen.« Indem er so sprach, sah ich den Wolkenschatten über seine Stirne fliegen, und sein Auge hatte jenen unsäglich traurigen Ausdruck, dessen ich oben erwähnte. Doch ging das rasch vorüber. Der General, wie um nicht etwa eine trübe Stimmung aufkommen zu lassen, tat den Kris in den auf dem Tisch stehenden Koffer und nahm aus demselben verschiedene bizarr-zierlich geformte kostbare Frauenschmucksachen von indischer und chinesischer Arbeit. Er bat Mama und mich, sie von ihm freundlich annehmen zu wollen als Erinnerungszeichen an unser Zusammensein auf dem Schwarzenstein, und er tat dies mit jener einfachen Güte und Herzlichkeit, welche das Zurückweisen einer Gabe so schwer oder ganz unmöglich machen. »Und ich soll leer ausgehen?« fragte Dora in allerliebst komischem Schmollton. »Nein, Kind,« versetzte der General. Dann brachte er nach langem Suchen aus dem Behältnis ein kleines Samtetui zutage und nahm daraus einen Goldreif, der in schmaler und einfacher Fassung einen großen Saphir vom herrlichsten Feuer enthielt. Diesen Ring streifte er schweigend an den Ringfinger von Noras linker Hand. Sie aber führte das Juwel an ihre Lippen, küßte es und sagte: »Blau wie die Treue!« – »Ja, wie die Treue!« wiederholte er tiefbewegt, und die aneinander hängenden Augen der beiden strahlten von Zärtlichkeit und Glück.

So wäre denn soweit und für jetzt alles gut. Aber was weiter, liebe Freundin, was weiter?

3. Tante Marget an Imelda.

Rothenfluh, 8. Juli.

Was weiter, Schatz, was weiter? Eine Hochzeit, natürlich! Es ist
der Lauf der Welt so. Diesmal sprech' ich aber mein Leibwort mit
größter Freudigkeit und im hoffnungsreichsten Sinne aus, während
dasselbe sonst, wie Du weißt, nur ein gesprochenes Achselzucken
zu sein pflegt. Habe auch meiner geliebten Dora schon gestern von
ganzem Herzen gratuliert und werde mich binnen heute und zehn
Tagen nach Eurem gesegneten Berg aufmachen, um ihr persönlich
meinen Segen zu überbringen. Mir ist, als müßten meine armen
kranken Augen wieder ganz gesund werden, so es denselben gegönnt sein wird, zu sehen, daß die beiden Menschen, welche mir,
seitdem meine Schwester tot, die liebsten auf Erden, mitsammen
glücklich sind.

4. Gertrud Hartwig an den General.

Rothenfluh, 9. Juli.

Teurer Vater! Ich habe lange hin und her gesonnen, habe lange
mit mir gekämpft, bevor ich mich entschloß, die nachstehenden
Zeilen an Dich zu richten. Mein geliebter Mann war bis gestern
dagegen, daß ich es täte, weil er glaubte, es vertrüge sich nicht mit
der kindlichen Ehrfurcht, die wir Dir schulden und zollen. Endlich
habe ich ihn aber doch zu überzeugen oder wenigstens zu überreden gewußt, daß Du in einem unwiderstehlichen Antriebe meiner
töchterlichen Liebe unmöglich eine vorlaute Anmaßung, eine unbe-
fugte Einmischung würdest sehen können, und so willigte er ein,
daß ich Dir schriebe.

Du fühlst, teurer Vater, es kommt mir aus der Seele, wenn ich zu
Dir sage: Vervollständige die Fülle von Glück und Segen, welche
Deine Liebe und Güte mir bereitet hat, vervollständige sie dadurch,
daß Du mich in den Stand setzest, auch Dich glücklich zu wissen
und zu sehen. O, zögere nicht, die mittels einer wundersamen
Schicksalsfügung Dir gebotene Gelegenheit, es zu sein, mit Deiner
ganzen Kraft zu ergreifen. Entsage Deinem traurigen Wanderleben
und laß Dir die traute Heimat noch einmal zu einem Eden werden.
Führe Dora als Herrin in Dein Haus und Heim. Sie wird hochwill-

kommen sein. Ich hatte sie schon zum voraus lieb als die Tochter ihrer Mutter; aber ich liebe sie innig, seit ich weiß, daß sie Dich liebt. Bringe sie, bringe sie bald zu uns, die wir sie alle mit herzlichem Vertrauen, mit aufrichtiger Zärtlichkeit empfangen werden, und von mir sage ihr, daß ich sie mit Schwesterarmen an mein Herz schließen und sie hochhalten und lieben werde mein Leben lang, wenn sie meinen teuren Vater den Seinigen, der Heimat, dem Leben, dem Glücke wiedergibt.

5. Dora an den Professor.

Auf dem Schwarzenstein, 12, Juli. ...

Was war doch, lieber Papa, das für ein dummer Mensch, welcher behauptete, das Glück sei stumm! In mir da drinnen jubiliert es, als schlügen mir hundert Lerchen in der Brust, und ich möchte von der Höhe dieses Glücksberges hinausrufen in die Lüfte, daß es drüben am Riesenwall der Alpen widerhallte: Hei, wie glücklich ich bin! (Das »Hei« hab' ich von Ihnen gelernt, gelt? Sie sagten mir, es sei der Jauchz- und Jubellaut im Nibelungenlied. Hei! Wieviel Frohmut und Freudigkeit in dieser einen Silbe! Sag Ihnen, Papa, mir ist zumute, als wär' ich ein personifiziertes Hei! – Item, es ist ebenfalls nicht wahr, wenn irgend ein anderer alter Schartekenverfertiger meinen zu müssen wähnte, das Glück mache die Menschen selbstsüchtig. Du lieber Gott, seitdem ich selber mich so beglückt fühle, möchte ich erst recht alle Menschen glücklich wissen. So namentlich auch den schönen, guten, artigen Herrn Schnäbeli, welcher seit etlichen Tagen verzweifelte, mitunter stark ins Komische fallende Anstrengungen macht, herumzugehen wie der melancholische Jacques in der Komödie Shakespeares. – Wenn mir vormals jemand gesagt hätte, es würde eine Zeit kommen, wo ich einen Menschen, einen Mann meinen Herrn und Gebieter nennen werde, mit Wonne meinen Herrn und Gebieter nennen werde, wie hätte ich den ausgelacht, und war' es selbst mein lieber brummender Höhlenbär von Papa gewesen. Und jetzt? Jetzt beseligt es mich, meinen Meister gefunden zu haben, denn, o, mit welcher Güte und Liebe meistert er mich! Die Extrafreude vollends heute, als mir der geliebte Mann einen Brief mitteilte, welchen er soeben von seiner Tochter Gertrud erhalten hatte. Sie will mir eine zärtliche Schwester sein, und ich weiß, sie wird es mir sein. O, Papa, wie ist doch, Euch Pessimisten allen zum Trotz, die Welt so schön und das Leben so gut und lieb! Packt Euren trübseligen Kram von Zweifeln und Ängsten und Schwarzsichtigkeiten ein! Ist es denn schlechterdings nötig, beim Anblick einer Perle immer daran zu denken, daß sie aus der dunkeln Tiefe stamme? Ja, mein lieber väterlicher Freund, seit ich liebe und mich geliebt weiß, ist mir im Herzen der Vollsinn vom christlichen Symbolum aufgegangen: Glaube, Liebe, Hoffnung!

6. Der General an den Professor.

Basel, 20. Juli.

... Was ich Dir, lieber Alter, im vorstehenden geschrieben, wie ich der Gewalt einer wunderbaren Leidenschaft nachgegeben, wie ich mit Dora, deren unwiderstehliche Holdseligkeit Du ja kennst, Geständnisse und Gelöbnisse ausgetauscht und dann mit ihr auf dem Schwarzenstein paradiesische Tage verlebt habe, Tage voll reinsten Glückes, wie es eigentlich dem Menschen nicht von Rechts wegen zuteil werden sollte, das alles wird Dir vorgekommen sein wie ein Akt aus irgend einer phantastischen Dichtung, etwa aus Calderons *»La vida es sueño«*.

Nun, der Traum war kurz und das Erwachen jäh.

Gestern habe ich den Berg verlassen und befinde mich auf dem Wege zum Kriegsschauplatz.

In Rom, fabrizierten sie den unfehlbaren Aftergott, in Paris den Krieg gegen Deutschland. Es ist dieselbe Fabrik, dieselbe Ware, dieselbe Firma, dasselbe Geschäft, derselbe Ansturm romanischer Lüge und romanischer Despotie gegen den germanischen Geist der Wahrheit und Freiheit. Aber das große Komplott zwischen Jesuitismus und Galliertum, auf welches die Banditenbande, welche die Tuilerien seit zwanzig Jahren zu einer Spelunke (zugleich Räuberhöhle und Lupanar) gemacht hat, ihre letzte Hoffnung setzte, wird an der Kraft unseres Volkes zuschanden werden. Ich glaube festiglich, daß es daran zuschanden werden wird.

Warum ich so plötzlich vom Schwarzenstein fort? Nun, ich denke, Du wirst es ganz in der Ordnung finden, daß ein gesunder Mann mit rüstigen Gliedern dem Vaterlande in dieser Not sich zur Verfügung stelle. Doch nein! Weh mir, es war nicht das, was mich forttrieb, wenigstens nicht allein und nicht in erster Linie. Schmach über mich, wenn ich lügen wollte. Du sollst die ganze Wahrheit wissen.

Es war beim Frühstück von Kalifornien die Rede gewesen, und ich hatte meines kurzen Besuches in den dortigen Goldgräberdistrikten erwähnt. Dora wünschte die golddurchsprengten Quarzbrocken zu sehen, von denen ich beiläufig gesagt, daß ich deren etliche in den Minen aufgelesen, und so ging ich in mein Zimmer hinauf, um das Verlangte aus meinem Raritätenkoffer zu holen. Wir hatten neulich darin herumgekramt, und er stand noch auf dem Tische. Ich schloß ihn auf und mußte ihn bis auf den Grund leeren, um zu den kalifornischen Quarzbrocken zu gelangen.

So beschäftigt, vernahm ich mit einmal durch das offenstehende Fenster das liebliche Lachen Doras. Ich konnte mich nicht enthalten, hinauszusehen. Sie kam an der Seite des schönen Herrn Schnäbeli die Terrasse entlang, schäkernd und lachend. Ich sah, wie der junge Mann mit seinen Augen das holde Kind verschlang; ich sah, wie Doras freundliche Worte seine Stirne vor Freude leuchten machten.

Ich trat zurück vom Fenster. »Blau wie die Treue!« murmelte ich vor mich hin. Wie mir nur gerade jetzt *dieses* Wort auf die Zunge kam? Dora hatte es unlängst gesprochen, als ich ihr einen Saphir an die Hand gesteckt.

Und doch war es nicht Eifersucht, was mir so grimmig-eisig das Herz anfaßte, nein, es war nicht Eifersucht! Es war Besseres und – Schmerzlicheres.

Beim Zurücktreten vom Fenster hatte mein Blick den Spiegel gestreift, und dieser hatte mich meinen grauen Bart sehen lassen. Und drunten der schöne junge Mann an der Seite des schönen jungen Mädchens!

Diese zwei Bilder, das meines Alters und das ihrer Jugend, November und Mai, schossen blitzschnell in mir zu einem furchtbaren Eindruck zusammen.

»Aus und vorbei!« schrie es in mir, und bevor ich mich es versah, hielt ich den malaiischen Kris in der Hand, welchen Dora vor etlichen Tagen spielend in der ihrigen gewogen hatte. Und an der Stelle, wo ich stand, und mit derselben Waffe in ihrer Rechten hatte sie damals gesagt: »Es ist doch ein eigener Gedanke, daß ein einziger Stoß mit so einem schneidigen Ding hinreicht, ein Menschenherz von aller Lust und allem Leid zu ledigen.« Wie träumend wiederholte ich diese Worte, und schon hob sich unwillkürlich mein Arm, als mich eine blitzschnell kommende Erwägung innehalten machte. Nicht hier, sagte ich mir, nicht hier. *Der* Schrecken soll ihr erspart werden. Ich weiß ja fernab im Bergwald ein kaum zugänglich Felsgeklüfte. Damit steckte ich den Kris zu mir, nahm meinen Hut und ging der Türe zu.

Ich hatte sie noch nicht erreicht, als von der Terrasse herauf ein plötzliches Getöse erscholl. Mechanisch ans Fenster geeilt, bemerkte ich, daß drunten der ganze Schwarm der Kurgäste vor dem Fenster der »Jungfer Telegraph« tumultuarisch sich zusammendrängte. Aus dem Fenster beugte sich unser Wirt, abgebrochene Worte laut rufend. Ich vernahm und verstand: »Telegramm« – »Paris« – »Gesetzgebender Körper« – »Der Krieg ist erklärt.«

Hei! stieß ich aus hochaufatmender Brust hervor, unwillkürlich das Nibelungische Ausrufswort gebrauchend, welches ich in den letzten Tagen mehrmals von Dora vernommen, wenn sie recht frohbewegt gewesen. Augenblicklich war mein Entschluß gefaßt, *der* Entschluß, alles einem Gottesurteil anheimzustellen. Ja, ein Ordal im Sinne unserer Altvordern sollte diesen schrecklichen Rechtsstreit zwischen meiner Leidenschaft und meinem Zweifel, die Geliebte so beglücken zu können, wie sie es verdiente, zum endgültigen Austrage bringen. In den Krieg! in den Krieg! Wenn keine Kugel und kein Schwert mich fällt, wenn ich heil und gesund von den Walstätten heimkehre, das soll mir ein Zeichen sein, ein Schicksalsschluß, Dora zu meinem Weibe zu machen, allen Bedenken, ja der ganzen Welt zum Trotz.

Eine Stunde später saß ich mit Dora auf der Bank unter der Fichte und Erle, wo unsere Herzen einander sich aufgeschlossen hatten. Es war ein ernstes Gespräch, das wir führten, und tiefe Trauer mischte sich darein. Aber mein Entschluß hatte mir die ganze Kraft des Gemütes wiedergegeben, und der große Sinn Doras kam meiner Fassung so zu Hilfe, daß sie sich zu einer Art von Freudigkeit emporhob. Ich hätte in dieser Stunde das holde Geschöpf noch herzinniger liebgewonnen, so das möglich gewesen. Denn jetzt erst erfuhr ich ganz, daß Doras bezaubernde Anmut nur ein untergeordneter Vorzug ist, verglichen mit dem weiten und freien Blick, der Seelenstärke und edeln Gefaßtheit des wundersamen Mädchens. – Höre, Alter, wenn das Ordal, welches anzurufen ich im Begriffe bin, wider mich, wider meine Zukunftshoffnung entscheiden sollte, dann gib Du Dora jeden Trost, den Du ihr geben kannst. Sie verdient es auch wohl um Dich, denn sie hält große Stücke auf Dich. –

Ich sagte ihr: »Von Kindheit auf lehrte mich mein trefflicher Vater, die erste Pflicht eines Menschen sei die für sein Vaterland. Gegen das meinige ist plötzlich eine ungeheure Gefahr aufgestanden, es hat vielleicht einen Kampf um Sein oder Nichtsein zu führen. Du weißt, mein Kind, der Krieg ist mir nichts Unbekanntes, und ich kann, in den Reihen meiner Volksgenossen fechtend, der gerechtesten Sache, für welche jemals ein Banner entrollt und ein Schwert gezogen wurde, vielleicht diesen oder jenen, wenn auch noch so unbedeutenden Dienst leisten. Du bist keine Bürgerin meines Landes, Dora; aber stelle dir vor, *dein* Heimatland sei von einem Kampf auf Leben oder Tod heimgesucht. Würdest du einen Mann, der sich demselben in solcher Not versagte, achten und lieben können?« – »Nein!« sagte sie klar und fest und, o, wie ehre ich sie um dieses Nein willen!

Die Frage war demnach entschieden.

Ich verabredete dann mit Dora, daß sie mit der Tante Marget, welche stündlich auf dem Schwarzenstein erwartet wurde und an die ich einen Brief zurückließ, für die nächste Zeit nach Rothenfluh gehen sollte. Diese Anordnung meldete ich an Gertrud und ihren Mann, dem ich zugleich auf alle Fälle hin meine letzten Willensbestimmungen übermittelte. Auch der Fürsorge des Onkels Fabian empfahl ich das geliebte Kind noch nachdrücklich, obzwar das alles überflüssig; denn ich weiß ja, die mich geliebt haben, werden auch Dora lieben.

Heute bin ich bei dem ersten Frührot vom Schwarzenstein aufgebrochen. Dora hat mich eine Wegstrecke bergabwärts begleitet. Den Lara ließ ich ihr zurück: mein mehrjähriger Wandergefährte hat ja die junge Herrin über den alten Herrn zu stellen gelernt. Doch mußte ich ihm, als er mich gehen sah, streng befehlen, daß er bliebe. Sonst nichts von diesem Abschied! Genug, mir war, als ich einsam

den Bergwald hinunterstieg, zu Sinne, als stiege ich Schritt für
Schritt hinab in mein Grab.

7. Dora an Gertrud.

Auf dem Schwarzenstein, 21. Juli.

O, Gertrud, Schwesterherz, das mir so liebevoll entgegenkam, er
ist gegangen! Und jetzt erst, in dieser schrecklichen Leere, die er
zurückgelassen, ist mir vollbewußt geworden, wie grenzenlos lieb
und teuer er mir. Ich weiß ja, er mußte gehen, er mußte, wie er sagte, dem kategorischen Imperativ der Pflicht gehorchen; aber was es
mich gekostet hat, ihn gehen zu lassen, weiß nur ich.

Drunten an einer Biegung des Bergweges steht eine Bank, welche
die Kurgäste halb im Ernste, halb im Scherze das Tränenbänkli
nennen; denn gar viele Trennungsworte und Abschiedstränen werden sommerlang dort ausgetauscht. Da hab' ich gestern in heiliger
Morgenfrühe von ihm Abschied genommen und erfahren, daß alle
Bitterkeit des Lebens in einem Augenblick sich zusammendrängen
kann. Als er fort, als er mir von der nächsten Waldecke seinen letzten Gruß heraufgewinkt hatte und nun die teure Gestalt hinter dem
Blättergrün verschwunden war, da bändigte ich gewaltsam die
mich verzehrende Herzenspein und kniete nieder an der Bank und
legte in meiner Seele Tiefe ein feierlich Gelübde ab und schwur mir
selber einen hohen Eid.

Abends kam Tante Marget. Zum erstenmal in meinem Leben sah
ich sie fassungslos, als ich ihr sagte, daß ihr angebeteter Freund in
den Krieg gezogen sei. Nachdem sie sich wieder zusammenge-
nommen, sagte sie: »Kind, du mußt dich darein finden, und wir alle
müssen es. Was der General beschloß und tat, ist ohne alle Frage
das Rechte und Richtige; denn sonst hätte er es ja nicht beschlossen
und getan.« Übermorgen reisen wir. Auch meine liebe gute Imelda
mit ihren Eltern. Sie hat sich zwar hier oben in erfreulichster Weise
erholt, aber die eingetretene rauhe Witterung macht ein längeres
Verweilen für sie unrätlich. Am Fuße des Berges werden wir uns
trennen, indem die Familie Bazzini über Genf direkt nach Italien
heimkehrt, während wir nordwärts zu Euch eilen: zu Euch, die zu
lieben man mich von Kindheit auf gelehrt hat; zu Euch, die Ihr mei-

ne Sorge und meine Liebe, meine Angst und meine Hoffnung mit mir teilen werdet. O, seid mir gut! Ich hab' es so nötig, so nötig!

8. Hauptmann K. B. vom 5. Armeekorps an den Propst

Beiwacht bei Reichshofen, 7. August, abends.

Hochwürdiger Herr! Ich erfülle eine Soldatenpflicht, indem ich Ihnen den angeschlossenen Brief, der Ihre Adresse trägt, durch die Feldpost übersende. Diesen Brief nahm ich eigenhändig aus der Brieftasche eines der vielen, vielen ruhmvoll Gefallenen, welche wir auf der gestern von uns ersiegten Walstatt von Wörth heute in der Frühe bestattet haben. Die Brieftasche selbst, die Uhr und alle sonstigen Wertgegenstände, welche bei dem Gefallenen gefunden wurden, werde ich von unserem nächsten Rastort aus nachsenden. Wer der Tote gewesen und daß ich einen amerikanischen General unter meinem Kommando gehabt, wurde mir erst durch den Inhalt der Brieftasche bekannt. Ebenso, daß Sie mit ihm enge befreundet sein müßten. Den an Sie adressierten Brief zur Feldpost zu geben, hatte er wohl nicht mehr Zeit gehabt, da die gestrige Schlacht mehr eine improvisierte als geplante war. Wenigstens war sie nicht für gestern geplant.

Der alte rüstige und stattliche Herr, Ihr Freund, war während unseres Vormarsches zum Rhein zur Division gekommen. Nach einer Unterredung mit unserem General wurde er von diesem meiner Kompagnie als Freiwilliger zugewiesen und mir mit achtungsvollen Worten empfohlen. Ich gestehe, ich hatte ein Aber gegen den Zivilanzug des so plötzlich in unsere Reihen gekommenen Freiwilligen, merkte aber schon am ersten Tage, daß derselbe ein Mann von ganz anderem Metall als jenem, woraus die Nichtsnutze gegossen sind, welche unsern Train vermehren und denen wir die Benennung Schlachtenbummler geschöpft haben. Ich habe aber keine Zeit, weiter davon zu reden, auch keine, Ihnen die gestrige Schlacht zu schildern, und muß mich darauf beschränken, Ihnen zu sagen, wo und wie heldisch Ihr Freund gefallen ist.

Es war zwei Uhr nachmittags, als von deutscher Seite der entscheidende Angriff auf die furchtbar feste Hauptstellung der Franzosen bei Fröschweiler geschah. Mac Mahon hatte dort alle zum hartnäckigsten Widerstande dienlichen Verteidigungsmittel massiert und die Gunst des terrassenförmig ansteigenden Terrains in jeder Weise zu benutzen verstanden. Seinen geschickten Anordnungen entsprach vollkommen die hartnäckige Tapferkeit, womit seine Regimenter jede Fußbreite des Bodens verteidigten. Nur mit äußerster Anstrengung und schrecklichen Verlusten gewannen die fächerförmig vorgehenden Bataillone unseres Korps allmählich Boden. Im Vordringen wirrten sich die einzelnen Regimenter, dann weiterhin die preußischen und die bayrischen Sturmkolonnen ineinander. Ein höchstes Wetten und Wagen, ein wilder Wetteifer hob an. Wer eine solche Wut, in welcher Himmel und Hölle sich zu mischen scheinen, nicht selber mitgemacht hat, wird sich niemals eine Vorstellung davon bilden können. Mit klingendem Spiele ging es durch die Gassen von Wörth hindurch und jenseits hinan gegen die Höhen von Fröschweiler. Ein wahres Höllenfeuer schlug uns entgegen, sobald wir Wörth hinter uns hatten. Wie eine ungeheure erdrückende Bleiwolke senkte sich der Kugelhagel der Mitrailleusen und Chassepots auf uns nieder, breite Lücken in der Front und rechts und links in unsere Reihen reißend. Tod und Verderben vor uns, Tod und Verderben hinter uns. Viermal stürmten wir an, viermal brach sich unser wütender Stoß an der gleich wütenden Gegenwehr. Dann ein kurzes Atemholen, und wieder vorwärts ging es, mitten hinein in das dämonische Rasen. Unser graubärtiger Freiwilliger schritt mit jugendlichem Ungestüm mir zur Seite. Da stürzt hart ihm zur Linken der Fahnenträger. Der Mann rafft die Fahne auf, und hoch sie hebend eilt er uns voran. Eine Kugel zerschmettert den Fahnenstock und zugleich die rechte Hand ihres neues Trägers. Er faßt den Stumpf des Fahnenstabs mit der Linken, schiebt die verstümmelte Rechte, aus welcher das Blut hervorschießt, in die Brustöffnung seines Rockes und schwingt uns zur Ermutigung dreimal die Fahne um sein Haupt. Seine Wangen glühen, seine Augen leuchten, sein grauer Bart weht im Winde, er ist herrlich anzusehen in seiner todverachtenden Begeisterung. Und wieder schreitet er uns voran, in Feuer und Rauch und Tod und Blut hinein. Noch einmal durchschneidet hell wie ein Trompetenstoß sein freudiges »Vorwärts!« das schreckliche Getobe und Getöse. Dann stürzt die hohe Gestalt mit einem ellehohen Sprung vornüber und schlägt mit dem Antlitz zur Erde. Eine Mitrailleusekugel war ihm mitten in die Brust gefahren. So fiel und so starb er.

Das Weitere gehört nicht hierher. Darum nur noch folgendes, hochwürdiger Herr, weil ich vermute, daß die Angehörigen des Helden, der also dem Vaterlande seine Pflicht geleistet hat, seine Überreste gerne heimholen werden. Da, wo wir gekämpft und wo er gefallen, an der von Wörth nach Fröschweiler hinaufführenden Straße, hab' ich den Toten in die Erde senken lassen. Die Stelle ist unschwer zu finden. Sie ist links von der Straße, von Wörth aus gemeint, etwa tausend Schritte von diesem Ort entfernt. Unter einem der wenigen von den Kugeln verschonten Nußbäume, welche, abwechselnd mit Kirsch- und Birnbäumen, die hügelan sich ziehenden Reben- und Hopfengärten einfassen, befindet sich das Grab. Links von dem Nußbaum steht der mannshohe Strunk eines Birnbaumes, den eine Granate zerschmetterte. Daran werden Sie die Stelle noch leichter erkennen. Im übrigen habe ich, soweit die Umstände es gestatteten, dem Toten alle kriegerischen Ehren erweisen lassen, wie sie einem solchen Tapferen zukamen.

9. Der Propst an den Professor.

Rothenfluh, 16. August 1871.

... Ja, alter Freund, Du hattest recht mit Deiner neulich gemachten Bemerkung, daß wir hier mitsammen ein Jahr großer Trauer verlebt haben müssen. Und unsere Trauer ist noch nicht zu Ende: die Lücke, welche ein Mann wie unser Herzensfreund hinter sich zurückläßt, ist ja überhaupt nicht mehr auszufüllen. Für uns alte Menschen gewiß nicht, und ich fürchte, fürchte sehr, auch für andere, für weit jüngere nicht. Du errätst leicht, daß ich die arme Dora meine. Nicht als ob etwas Auffälliges in ihrem Gebaren wäre, aber ihre ganze Haltung seit Jahresfrist ist doch so, daß man besorgen muß, die Kugel, welche bei Wörth unsern Freund niederwarf, habe noch ein zweites Herz unheilbar verwundet. Zucke nicht über diese Alltagsphrase Deine Skeptikerachseln! Mitunter trifft ja auch eine Alltagsphrase das Wahre und Richtige.

Heute jährt es sich, daß wir mit den der blutgetränkten Walstatt von Wörth entnommenen Überresten unseres Freundes heimgekehrt sind. Du weißt, daß, wie Gertrud, so auch Dora es sich nicht hatte nehmen lassen, meine und Hermanns schmerzliche Heimholungsfahrt mitzumachen. Erschütternderes als damals unter dem

Nußbaum unterhalb Fröschweiler habe ich nie erlebt. Seither ruht unser Freund im Schatten der Linde, welche er vordem zu Häupten der Gräber seiner Eltern gepflanzt hatte; inmitten seiner ihm vorangegangenen Lieben ruht er, Großmutter, Vater, Mutter, Weib und Sohn um ihn her. Und Tag für Tag, beim Sonnenschein wie beim Sturm und Regen, kommt ein junges bleiches Mädchen zu seiner Ruhestätte gegangen, eine fromme Grabopferspenderin, nicht »mit wildem Händeschlag« wie die Choëphoren des Äschylos, sondern gefaßt und ruhig wie eine, die zu klagen aufgehört hat, nimmer aber vergessen kann.

Wie Dir noch nicht bekannt, haben sich Dora und die gute Tante Marget, die sich gerade wie Du einbildet, an die traurige Botschaft des Pessimismus zu glauben, bleibend bei uns niedergelassen und haben sie sich in der alten Rentei eingerichtet, dem elterlichen Hause unseres Freundes, das nun wieder ist, was es vorzeiten gewesen, eine Zufluchtsstätte der Armen und Hilfebedürftigen. Schön ist ein letzter Wunsch unseres Freundes, daß seine Tochter und Julies Tochter einander wie Schwestern lieben und halten sollten, in Erfüllung gegangen, und mit unendlicher Zärtlichkeit hängt Dora an Gertruds Kindern, deren Anzahl sich im Laufe dieses Jahres wieder um eins vermehrt hat. Im übrigen lieft sie ihre Dichter, treibt mannigfaltige literarische Studien, macht, von dem schwarzen Lara begleitet, weite Gänge in unseren Bergen, Wäldern und Feldern, widmet manche Stunde des Tages Werken der Milde und Barmherzigkeit und läßt wohl kaum einen Tag zur Rüste gehen, ohne etwas ausgesonnen zu haben, was einem der von ihr geliebten Menschen Freude macht. Das mutwillige Kind von ehemals würdest Du in ihr nicht mehr wiederfinden. Ihre Anmut, die Dich so sehr entzückte, ja *die* ist geblieben; aber der Mutwille hat einem Ernste Platz gemacht, der nichts Grämliches, sondern nur etwas Achtunggebietendes hat. Mit einer anspruchslosen Würde trägt sie ihr Los. Ihr Mund hat sein altes liebes Lächeln, das ihr so vieler Menschen Wohlgefallen und Wohlwollen erworben, noch nicht verlernt; aber es ist nicht mehr das Lächeln zukunftsicheren Frohsinns und schuldloser Koketterie, sondern nur noch das der Resignation.

Ich sah es heute abend schmerzlich um ihre Lippen spielen, droben auf dem Friedhof. Sie saß auf der Bank an der Mauer und ließ ihre Blicke zwischen dem Grabhügel, welcher ihr Liebstes deckt, und dem Sonnenuntergange, dessen Glührot auf den Kuppen der Bergwälder im Westen lag, hin und her gehen. Vielleicht drang sich ihr in dieser Stunde mit besonderer Bitterkeit der Gedanke auf, wie früh und jäh die Sonne ihres Daseins untergegangen. Denn der Ausdruck ihrer Züge war kummervoll. Der schwarze Lara, welcher zu den Füßen seiner Herrin gelegen, erhob sich und legte ihr, als ob er ihren Schmerz mitfühlte, den Löwenkopf sanft auf das Knie. Sie streichelte das Tier, und wie ihre weiße Hand auf seinem schwarzen Zottelhaupte lag, funkelte der Saphir an ihrem Finger im letzten Sonnenstrahl. Ihr Blick fiel auf das leuchtende Juwel, dann wanderte er zu dem Grabe hinüber, und zum Lara sich niederbeugend sagte sie mit jenem resignierten Lächeln selbstvergessen und leise: »Ja, du und ich, wir bleiben treu unserem Herrn und Helden!«

Tante Marget hatte mit dem scharfen Gehör einer nahezu Erblindeten das Wort, welches unwillkürlich den Lippen ihrer Nichte entfallen war, ebenfalls gehört. Als wir den Friedhof verließen und ich mit ihr hinterdrein ging, sagte sie zu mir: »Dora wird tun, was sie denkt und sagt, und so hätten wir denn da wieder eine Szene mehr in der traurigen Komödie, welche unser Freund Professor mit Fug und Recht das Weltnarrenspiel nennt. Wenn Sie, Onkel Fabian, ihm wieder schreiben, so sagen Sie ihm doch, ich ließe ihn bitten, mir mitzuteilen, wie er über den Kasus dächte, daß zwei so gute Menschen, so durchaus edel angelegte Naturen, statt mitsammen glücklich zu sein, so schrecklich voneinander gerissen werden mußten. Doch ich kenne ja seine Antwort zum voraus. Er wird sagen: Gerade darum, weil sie seelisch so zusammenpaßten, mußten sie voneinander gerissen werden; gerade darum, weil sie so gut und edel waren, konnten sie nicht glücklich werden. Und er hat recht! Es ist der Lauf der Welt so.«

10. Der Professor an den Propst.

Z., 16. August 1872.

Liebe, weil sanft und friedsam brennende Kirchenkerze! Tu mir doch mal den Gefallen, in diejenige meiner Sammelmappen hineinzuleuchten, welche die Überschrift »Insania amatoria« führt. (Es ist, wie Du ja weißt, eine der vielen, vielen Mappen, in welchen ich das kaum übersehbar-massenhafte Material zu meiner »Geschichte der menschlichen Narrheit« aufgestapelt habe.) Aus selbiger Mappe klaube ich einen Schreibebrief von Dir heraus, der, wie mir das Datum zeigt, heute gerade ein Jahr alt wird. Er muß in ein anderes Behältnis versetzt werden und zwar in das, welches überschrieben ist »Aktenstücke, so dartun, daß alle die tragisch-großen Sachen ein komisch-kleines Ende zu nehmen pflegen.«

Pflegen sie nicht? Kalkuliere, sie pflegen. Ist ein Fakt, wie unser verewigter, das heißt eigentlich verzeitlichter, das heißt ab- und ausgestrichener Freund Bürger auf gut amerikanisch zu sagen liebte.

Ja, ja, alter Fabian, heute jährt es sich gerade, seit Du bemeldeten Brief an mich geschrieben, welcher so voll der rührendsten Rührung, daß ich unsern teuren Hellmut ordentlich beneidete, nicht allein um seinen gloriosen Tod, sondern auch um die Treue, welche über seinem Grabe trauerte. Nun, die Treue ist auch wirklich kein »leerer Wahn«. Die gute Gertrud hat mir ja gemeldet, daß der schwarze Lara seinem Herrn bald nachgestorben sei. Hatten mal, beiläufig bemerkt, eine schwarze Katze, die mit unserem Spitz Prinz, einer Perle von Hund, viele Jahre in innigster Freundschaft lebte. Als die Perle den Weg der Hunde und der Prinzen gegangen, rührte die Katze keinen Bissen mehr an und starb binnen acht bis zehn Tagen ihrem vierbeinigen Freunde nach. Die obstinaten Viecher! Da nehmen wir Zweibeinigen doch ganz anders Vernunft an. O, wie ist es tröstlich und erhebend, ein Mensch zu sein!

Ich entwickelte den daraus sich ergebenden Gedankengang gestern abend meiner guten Freundin Dora, und sie nickte zustimmend dazu.

Die Tochter unserer Freundin Julie ist natürlich noch ganz so anmutig, liebenswürdig und gut, wie sie nur je gewesen. Und gescheit ist sie, beim ober- und unterird'schen Zeus! Ganz merkwürdig gescheit und vernünftig. Beweis: Gerade vor einem Jahre hat auf dem Friedhof von Rothenfluh die Szene gespielt, welche Du, alter Krachmandolino, mir so rührsam beschrieben hast, und heute ist Dora Frau Schnäbeli und geht mit ihrem ersten Kinde.

»Man muß ja doch einmal heiraten,« sagte sie zu mir, als sie sich kurz nach ihrer Übersiedelung an hiesigen Ort mit dem jungen, schönen und reichen, obzwar ein bißchen dicken und dummen

Herrn Schnäbeli verlobte. Richtig, man muß ja doch einmal heiraten. So hatte ihre Mutter vorzeiten ebenfalls gesagt, und »junge Leute wollen auch leben«, meint Sir John Falstaff. Es untersteht also gar keinem Zweifel, daß meine liebe junge Freundin klug und gut gehandelt hat. Tante Marget, die binnen wenigen Tagen zu Euch nach Rothenfluh zurück will, um für immer dort zu bleiben, ist freilich entschieden anderer Meinung. Ich habe auch umsonst versucht, ihr eine richtigere Ansicht von der Sache beizubringen. Es klang nur bitter ironisch, als sie mir zuletzt sagte: »Nun ja, Professor, Sie haben recht! Es ist der Lauf der Welt so.«

Über tredition

Eigenes Buch veröffentlichen

tredition wurde 2006 in Hamburg gegründet und hat seither mehrere tausend Buchtitel veröffentlicht. Autoren veröffentlichen in wenigen leichten Schritten gedruckte Bücher, e-Books und audio-Books. tredition hat das Ziel, die beste und fairste Veröffentlichungsmöglichkeit für Autoren zu bieten.

tredition wurde mit der Erkenntnis gegründet, dass nur etwa jedes 200. bei Verlagen eingereichte Manuskript veröffentlicht wird. Dabei hat jedes Buch seinen Markt, also seine Leser. tredition sorgt dafür, dass für jedes Buch die Leserschaft auch erreicht wird.

Im einzigartigen Literatur-Netzwerk von tredition bieten zahlreiche Literatur-Partner (das sind Lektoren, Übersetzer, Hörbuchsprecher und Illustratoren) ihre Dienstleistung an, um Manuskripte zu verbessern oder die Vielfalt zu erhöhen. Autoren vereinbaren direkt mit den Literatur-Partnern die Konditionen ihrer Zusammenarbeit und partizipieren gemeinsam am Erfolg des Buches.

Das gesamte Verlagsprogramm von tredition ist bei allen stationären Buchhandlungen und Online-Buchhändlern wie z. B. Amazon erhältlich. e-Books stehen bei den führenden Online-Portalen (z. B. iBookstore von Apple oder Kindle von Amazon) zum Verkauf.

Einfach leicht ein Buch veröffentlichen: **www.tredition.de**

Eigene Buchreihe oder eigenen Verlag gründen

Seit 2009 bietet tredition sein Verlagskonzept auch als sogenanntes "White-Label" an. Das bedeutet, dass andere Unternehmen, Institutionen und Personen risikofrei und unkompliziert selbst zum Herausgeber von Büchern und Buchreihen unter eigener Marke werden können. tredition übernimmt dabei das komplette Herstellungs- und Distributionsrisiko.

Zahlreiche Zeitschriften-, Zeitungs- und Buchverlage, Universitäten, Forschungseinrichtungen u.v.m. nutzen diese Dienstleistung von tredition, um unter eigener Marke ohne Risiko Bücher zu verlegen.

Alle Informationen im Internet: **www.tredition.de/fuer-verlage**

tredition wurde mit mehreren Innovationspreisen ausgezeichnet, u. a. mit dem Webfuture Award und dem Innovationspreis der Buch Digitale.

tredition ist Mitglied im Börsenverein des Deutschen Buchhandels.

Dieses Werk elektronisch lesen

Dieses Werk ist Teil der Gutenberg-DE Edition DVD. Diese enthält das komplette Archiv des Projekt Gutenberg-DE. Die DVD ist im Internet erhältlich auf **http://gutenbergshop.abc.de**